마을
목회

교회가 있는 마을은 행복하다

마을목회

마을목회의 7가지 원리를 말하다   강대석

마을목회는 교회의 본질이다

교회가 있는 마을은 행복해야 한다

아름다운 교제가 마을을 행복하게 한다

행복한 마을목회 이렇게 해보라

마을을 사랑하는 참 목사가 되라

마을목회가 어르신들을 행복하게 한다

마을목회가 다음 세대를 세운다

먼저 사랑하는 강대석 목사님의 책 출간을 진심으로 축하드립니다. 교회가 영향력을 잃어가고 세상이 정말 교회가 필요한지를 묻는 위기의 때에 '우리 동네에 교회가 없으면 안 된다'는 칭찬과 신뢰를 받는 마을목회의 이야기가 있어서 기쁘고 감사할 뿐입니다. 강대석 목사님께서는 어려서부터 올곧게 신앙을 세워오며 정말 세상의 낮은 자리에서 겸손하게 소통하고 섬기는 삶을 사셨습니다. 그 삶의 모습이 고스란히 교회를 개척하고 시작한 마을목회에 그대로 담겨있습니다.

위기의 시대일수록 교회에 필요한 것은 이 땅 가운데 사람의 몸을 입고 오신 예수님처럼 낮은 자리로 내려가서 사랑하고 섬기는 것입니다. 이 책에서 소개하는 마음 따뜻하고 감동이 되는 마을목회의 이야기처럼 이제는 교회가 삭막한 세상에 따뜻한 희망의 빛을 비춰주고 이웃들에게 신뢰를 회복해야 합니다.

이 위기의 시대에 화전벌말교회의 감동적인 이야기를 책으로 출간하게 된 것을 다시 한 번 축하드리며 이 책을 통하여 '교회가 있어서 행복하다', '위기의 때에 정말 교회가 없으면 안 된다'라는 칭찬과 신뢰받는 한국의 교회들이 많이 세워지기를 기대합니다.

대한예수교장로회 총회장
한국교회총연합 대표회장
한소망교회 류영모 위임목사

화전벌말교회는 고양시에 속해있지만 이름에 나타난 그대로 시골과 같은 교회입니다. 주변에 군부대가 5개나 위치해 있기 때문에 개발될 수 없는 특수한 환경에 처해 있습니다.

강대석 목사님은 마을목회자로서 마을에 깊이 들어가 주민들과 동고동락하며 함께 삽니다. 목회자들이 세계를 품고 이름을 떨치는 것도 필요하겠지만, 마을목회에 실패하면 뿌리 없는 나무같이 살아있으나 죽은 목회라 할 수 있습니다.

제가 강 목사님를 귀하게 여기게 된 계기는 자립하기 어려운 목회 환경 속에서도 자립을 선언하고 성실하게 목회보고서를 내는 것을 보았기 때문입니다.

강 목사님으로 인해 화전벌말교회는 마을 중심에 서게 되었고 마을과 떼려야 뗄 수 없는 관계를 맺게 되었습니다. 개척 초기부터 현재까지 꾸준히 해온 마을목회로 인해 화전벌말교회와 강 목사님은 지역주민, 행정관계자, 지역정치인들로부터 칭찬과 존경을 받게 되었고 후배 목회자들이 본받아야 할 마을목회의 모범이 되었습니다.

'교회가 있는 마을은 행복하다'라는 부제가 붙은 『마을목회』의 출간을 축하하며 진심으로 일독을 권하는 바입니다.

2022. 1. 5. 해마루 산방에서
거룩한빛광성교회 정성진 은퇴목사

이 책은 강 목사님께서 20년 가까이 화전벌말교회에서 목회한 기록이자 마을에 도움이 되는 행복한 교회를 세우기 위해 노력한 기록입니다. '마을목회'를 연구해온 저로서는 이 책을 읽고 이렇게 추천사를 쓰게 되어 보람을 느낍니다.

강 목사님은 마을 주민들과 소통하기 위해 노력해온 목회자이십니다. 목사님께서는 지역주민들과의 교제를 확대해 나갔으며, 지역주민에게 영정사진을 만들어주는 봉사를 하였고, 동네 어르신들에게 안경과 돋보기를 맞춰드렸으며, 지역주민들을 위한 무료진료를 함으로써 교회가 지역에 도움이 되도록 노력하셨습니다.

강 목사님은 이렇게 지역에서 교회가 할 수 있는 봉사들을 생각이 떠오르는 대로 모두 실천하셨고 지역사회를 주님의 사랑으로 섬겼던 목회자셨습니다.

사실 화전벌말교회는 목회 환경이 열악하여 목회자가 자주 바뀌는 교회였습니다. 하지만 강 목사님의 꾸준한 노력의 결과, 안정된 교회를 이룰 수 있었습니다. 오늘날 화전벌말교회는 지역주민의 큰 사랑을 받는 교회입니다. 지역주민들은 이구동성으로 '우리 동네에 교회가 없으면 안 된다'라고 말하고 있습니다. 주민을 교인으로 삼고, 마을을 교회로 삼아 하나님의 사랑으로 봉사하고 있는 화전벌말교회는 교회가 어떻게 주민에게 다가갈 수 있는지를 잘 보여준 모범적 사례라 할 수 있습니다.

그간 교회와 하나님 나라를 위해 많은 애쓰신 목사님의 노고를 치하 드리며, 하나님께서 그에 대해 큰 상급을 주실 것을 확신하면서 이 추천의 글을 마무리합니다.

총회한국교회연구원 원장

전 호남신학대학교 총장

노영상 목사

강대석 목사님이 쓰신 『마을목회』는 성장주의와 세습 등으로 추락해 있는 한국교회에 해답을 제시해 주는 책입니다. 이번에 강 목사님이 쓰신 책을 천천히 읽어보면서 잔잔한 감동과 깊은 울림을 받았습니다. 그것은 저자 강대석 목사님이 몸으로 실천하면서 쓴 책이기에 그랬던 것 같습니다. 『마을목회』를 읽으면서 느낀 소감을 몇 가지로 나누면서 이 책을 추천하고자 합니다.

첫째로, 이 책은 강 목사님이 어린 시절 강진의 영파교회에서부터 좋은 믿음의 본이 되는 장로님의 신앙을 보고 자라면서부터 시작되었다고 봅니다. 고향교회에서 보고 배운 아름다운 신앙의 모범이 오늘날 '마을을 행복하게 하는 화전벌말교회'를 만들었습니다. 작지만 아름다운 모범이 되는 좋은 교회는 강 목사님의 삶에서부터 시작되어서 이루어졌습니다.

두 번째로, 강 목사님의 목회의 열매는 어머니의 기도로 이루어졌습니다. '하나님은 모든 곳에 동시에 계실 수 없어서 어머니를 만드셨다'는 유대 격언처럼, 강 목사님을 훌륭한 목회자로 만든 것은 어머니의 기도였습니다. 그리고 기도의 결실로 아름다운 목회가 이루어졌습니다.

세 번째로, 『마을목회』는 한국교회에 방향을 제시해 줄 수 있는 책입니다. 지금 한국교회는 성장주의와 세습 등으로 인해 사회의 신뢰를 점점 더 잃어가고 있습니다. 하지만 작지만 행복한 목회를 하고 있는 강 목사님의 삶과 목회가 한 줄기 오아시스처럼 희망이 되고 있습니다.

『마을목회』의 출간을 축하하며, 이 책이 출간되면 많은 사람에게 읽히기를 소망합니다. 또한 모든 목회자와 성도 여러분들에게 강력히 추천해 드립니다.

『내 인생을 다시 쓰는 책쓰기』 외 다수
박성배 책쓰기 코칭 전문작가

Part 2

예수 사랑 실천의 마을목회
6가지 원리로 마을목회를 몸으로 실천하다

Part 3

마을목회의 감동스토리
주민들이 말하는 마을목회의 감동스토리를 나누다

* * *

Part 3을 마치며

Part 4

강대석 목사의 마을목회 세우기 7강
사랑하는 후배들이여 마을목회 이렇게 해보라

* * *

Part 4를 마치며

늦깎이 목사 마을목회로 꽃을 피우다

이렇게 마을목회를 시작했다!

화전벌말교회는 주민들로부터 '우리 동네에 교회가 없으면 안 된다'는 신뢰받는 교회가 되었다

2003년 여름 우리 부부는 두 딸을 불러놓고 말했다. "엄마 아빠는 목회지를 찾아 시골로 갈거야. 너희 둘이 서울에서 살아갈 마음의 준비를 해라"라고 우리의 마음을 딸들에게 전하고 목회지를 물색했다. 그런데 군사보호구역, 개발제한구역, 그린벨트에 묶여있고, 행정구역과 생활권이 이원화(서울과 경기도의 경계지역)된 소외되고 낙후된 곳에 3년간 예배를 드리지 않고 방치되었던 교회가 매물로 나왔다는 소식을 들었다. 자세히 알아보니 50여 명의 목사님이 둘러보고 아무도 오겠다는 분이 없어 창고로 팔리기 직전에 있는 교회였다. 이 교회가 현재 내가 목회하는 교회이다.

나는 하나님께 예배드리던 장소가 창고로 팔린다는 것을 보고만 있을 수 없어서 예배당을 매입하여 2003년 12월 26일 설립예배를 드렸다. 그렇게 시작된 화전벌말교회는 지역주민들로부터 '우리 동네

에 교회가 없으면 안 된다'는 신뢰를 받는 교회가 되었다. '예수님처럼 봉사합시다'라는 정신으로 한결같이 마을목회를 해온 결과라고 본다. 이렇게 마을을 섬기는 작은 사랑의 실천이 소문이 나서 과분하게 도지사 표창, 고양시장 표창, 지역사회와 함께하는 교회상 등을 수상하였다. 화전벌말교회는 이렇게 신뢰도를 높여 지역에 꼭 필요한 교회로 인식되는 모범적인 교회로 세워지고 있다고 생각한다. 모든 것이 하나님의 은혜이고 감사이다.

마을 사람들은 화전벌말교회에 대해 이렇게 말들을 한다

지역주민인 임용구 화전동 10통 통장님은 벌말교회에 대해 늘 '우리 동네주민들은 목사님과 교회의 도움을 받지 않는 사람이 없다'고 말한다. 지역주민인 이옥희 화전 9통 통장님은 늘 '동네를 위해 좋은 일을 많이 하신다'고 말한다. 화전 4리 노인회 회장인 정경덕 어르신은 '목사님과 교회가 마을을 위해 봉사를 해주셔서 늘 감사하다'고 말씀하신다. 임윤택 주민자치위원장님은 '노인네들 잘 섬기고, 지역 활동 잘하는 교회이며, 9, 10통 지역에 산악회 회원들이 많은데 산악회 회원들은 벌말교회 담임 강대석 목사님을 많이 칭찬한다'고 하신다. 인근에서 목회하는 목자교회 박명하 목사님은 '벌말교회와 강대석 목사의 사역이 대단하고 최고'라고 늘 칭찬과 격려를 해주고 있다.

책쓰기 전문 코치이신 박성배 작가의 지도를 받으며 한 걸음 한 걸음 이 책을 쓰게 되었다

40살에 늦깎이 목사로 신학의 길에 접어들고, 창고로 팔릴 뻔 한 허름한 교회에서 시작된 나의 목회는 '네 이웃을 네 몸과 같이 사랑하라'는 주님의 말씀을 기억하며 마을 주민들과 함께 그렇게 20년 가까이 지속되었다. 이제 몇 년이 더 지나면 교단의 법에 따라서 정년 은퇴를 하게 된다. 그래서 나의 목회 여정에 함께하신 하나님의 은혜를 나누고자 이 책을 쓰게 되었다. 마침 국민일보를 통해 책쓰기 전문 코칭 작가이신 박성배 목사님을 알게 되었다. 박성배 작가의 지도를 받으며 한 걸음 한 걸음 이 책을 쓰게 되었다. 책을 쓰면서 이제 정년까지 몇 년 남은 목회 여정을 더욱더 지역과 성도들을 사랑하고 섬기겠다고 다짐 해본다.

『마을목회』는 모두 4개의 장으로 구성하였다
Part 1은 '하나님께서 이끌어 주신 마을목회 사역자로서의 준비'이다.

나를 주의 종으로 부르신 하나님은 내가 어린 시절부터 주의 종으로 준비시켜 주셨다. 교회가 필요로 하는 곳에 가는 목회자로 준비시켜 주셨고, 낮은 자의 마음을 헤아리는 목회자로, 겸손히 섬기는 목회자로, 어머니의 기도대로 참 목자가 되도록 준비시켜 주셨다.

Part 2는 '마을목회의 6가지 실천사항 원리'이다.

하나님은 내게 대형 교회 목회나 성공한 목회자의 꿈을 갖게 하기보다는 지역을 겸손히 섬기는 목회자의 길로 이끄셨다. 그래서 지역주민들을 위해 솔선수범하여 섬기게 하셨고, 지역주민들과 소통하면서 목회를 하게 하셨고, 주민들로부터 신뢰받게 해 주셨다. 그래서 결국 교회가 있는 마을이 행복하다는 소리를 듣게 해주셨다는 내용을 기록했다.

Part 3는 '마을목회의 감동 스토리'이다.

첫 번째와 두 번째 이야기는 지역주민인 통장이 말하는 감동스토리이다. 세 번째 이야기는 노인회 회장의 감동스토리이다. 네 번째 이야기는 통장협의회장의 감동스토리이다. 다섯 번째 이야기는 주민자치위원장이 말하는 감동스토리이다. 여섯 번째 이야기는 동장의 감동스토리이다. 일곱 번째와 여덟 번째 이야기는 시의원이 말하는 감동스토리이다. 아홉 번째 이야기는 경기도의원이 말하는 감동스토리이다. 마지막 열 번째 이야기는 인근 교회 박명하 목사의 감동스토리이다.

Part 4는 '강대석 목사의 마을목회 아카데미 7강'이다.

나는 마을목회야말로 목회의 본질이라고 생각한다. 학문적으로 실천적으로 나름 현장 전문가들의 의견과 제안 중에서 내가 동의하는 부분을 소개하며 내가 가지고 있는 마을목회에 대한 생각을 정리했다.

　부족한 종이 마을을 사랑하면서 섬겼던 목회 이야기가 회자되면서 사랑하는 목회 후배들을 통해 교회의 영광이 회복되기를 소망한다.

2022년 4월

강대석

▌앞줄 왼쪽 첫 번째 필자, 외사촌형과 누나들

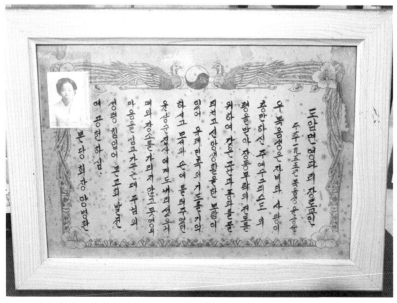

▌어머니가 담임목사에게 받은 전도상장

Part 1

마 을 목 회
사 역 자 로
준   비

하나님이 준비하셨다

▌아버지 팔순에

▌아내, 어머니, 필자

▌종암중앙교회 소년부 야구부와 필자

교회가 있는 마을은 행복하다, 마을목회

마리아 같은 아내의 헌신에 힘입어
목회를 준비하다

'고운 것도 거짓되고 아름다운 것도 헛되나 오직 여호와를 경외하는 여자는 칭찬을
받을 것이라 그 손의 열매가 그에게로 돌아갈 것이요 그 행한 일로 말미암아 성문
에서 칭찬을 받으리라'

† 잠언 31장 30-31절

내 아내 신미숙, 참 대단한 사람이다. 참 하나님의 사람이다. 흔히
혼기가 찬 자녀를 둔 신앙을 가진 부모님들이 자녀 배우자의 조건을
말할 때 다른 것 아무것도 안 보고 신앙만 좋으면 된다고 하는 말을
한다. 내 아내는 그런 사람이었다.

아내를 처음 만난 곳은 서울 성북구 종암동 종암중앙교회이다. 당
시 나는 소년부 교사로, 아내는 초등부 교사로 봉사하고 있었다. 서
로 부서가 다르고 큰 교회였기에 안면만 있는 정도였다. 그러다 청년
부 활동을 하면서 이름과 초등부 교사라는 것까지도 알게 됐다. 매
해 청년부 수련회가 있었지만, 시간이 없어 참석하지 못했다. 주일학
교 소년부 성경학교에 휴가를 맞춰 봉사하고 나면 청년회 수련회에
참석할 시간은 내기가 어려웠던 것이다. 그때는 그랬다. 직장에서 쉬
는 날이 없었다.

그런데 1982년 여름에는 소년부 성경학교 봉사도 하고, 청년회 수련회도 갈 수 있게 되었다. 실직한 것이다. 청년회 수련회를 가던 날 교회 앞에 교회 버스가 대기하고 있었고 시간에 맞춰 나온 청년들이 오는 대로 버스에 올라탔다. 나도 버스에 올라 자리를 잡아 앉았는데 바로 지금의 아내 옆자리에 앉게 되었다. 구면이긴 하나 친함도 없었고 내성적인 내 성격에 눈인사만 나누고 어색한 상태로 정면만 바라보고 앉아 있었고 아내도 그랬던 것으로 기억한다. 앞뒤 자석에서는 작년에 있었던 수련회 이야기를 하며 재미있게 떠드는데 청년회 수련회에 처음 참석하는 나는 할 말이 없었다. 시간이 되자 버스는 강원도 삼척을 향해 출발했고 시내를 벗어나면서 차 안은 조용해졌다. 자는 사람, 책을 보는 사람 창밖을 내다보는 사람….

그렇게 한참의 시간이 지나고 차츰 지루하고, 피곤이 몰려올 시간에 마이크 켜는 소리가 들리더니 청년회 지도 전도사님이신 조효선 전도사님이 잠을 깨우셨다.

멀리까지 가는데 조용히 가면 지루하니까 게임을 하고 가자며 옆사람과 짝을 짓게 하고 무슨 게임인지 기억은 없지만 재미있는 게임을 했다. 나는 자연스럽게 옆에 앉은 지금의 아내와 짝이 되었고 어색한 분위기는 차쯤 사라지게 됐다.

그런데 진행을 하던 지도 전도사님이 우리 두 사람을 앞으로 불러내서 게임을 시키고 자리에서도 다른 사람보다 더 많이 손을 잡게도

하고, 껴안게도 했다. 아마 전도사님 보실 때도 두 사람이 매우 어색해 보였나 보다고 생각한다. 아니면 처음 수련회에 참석했기에 더 관심을 가져주셨는지도 모르겠고. 아무튼 이날을 계기로 아내와 나는 가까워지게 되었다. 나중에 사람들이 두 사람은 처음에 어떻게 만났느냐고 물으면 청년회 지도 전도사님이 중매했다고 말한다.

그렇게 시작된 두 사람의 만남은 결혼까지 약속하게 되었다. 내가 이 글을 시작하면서 내 아내 신미숙 참 대단한 사람이다. 참 하나님의 사람이라고 했는데 괜한 말이 아니다. 그때 나는 교회 일만 열심히 했지 실직을 한 상태였다. 또 가진 것도 없는 가난한 청년이었다. 어떤 여자가 그런 청년과 결혼을 하겠다고 하겠는가. 그런데 아내는 나와 결혼까지 하겠다고 했다. 그러니 대단한 사람 아닌가. 그저 한 청년의 신앙의 모습만 봤던 것으로 보인다.

우리는 서로의 사랑을 확인하고 결혼을 약속하면서 나는 예비 장인 장모님께 인사를 드리러 갔다. 장인어른은 신인호 장로님이시고 장모님은 이복심 권사님이시다. 장인 장모 두 분은 몇 가지 물으시고 내가 신학 공부를 하고 목사가 될 것이라 하였더니 기도하겠다고 하셨다. 큰 처남도 반갑다고 손을 잡아 주고 응원하겠다며 잘 해보라고 하셨다. 아마도 아내가 있는 것 없는 것 보태서 신앙이 좋고 믿을 만한 사람이라고 내 자랑을 엄청 많이 한 모양이다. 다만 아내보다 세 살 위인 셋째 처남은 죄인 취조하듯이 이것저것 꼬치꼬치 물어봤다. 뭐라고 묻고 답했는지 생각은 나지 않지만, 그 동생과 결혼해서 사는 것을 보면 셋째 처남도 좋게 봐주셨던 것 같다.

이때부터 13년 뒤 신학교를 들어가기까지 아니 그 후 목회하는 동안에도 아내와 장인 장모의 눈물 어린 기도가 시작되었다. 실로 나를 위한 장인 장모님 그리고 아내의 기도 덕분에 오늘의 내가 있다고 해도 과언이 아니다.

내가 아내를 처음 만났을 때 나는 소년부 교사를 하면서 '종암중앙교회 소년부 야구부' 지도를 맡고 있었다. 야구부는 내가 조직했는데 1982년 프로야구가 출범하면서 10여 명이던 우리 반 아이들이 주일 예배에 출석하지 않는 일이 생겼다. 예배 전에 심방을 가도 집에 없고 예배 후에 집에 가도 없고 집에서는 교회 갔다고 하고, 나중에 알고 보니 고려대 뒷산이나 고려 아파트 공터에서 야구를 하느라 교회에 결석한 것이었다. 나는 조현관 부장님과 신원호 전도사님께 소년부 야구부를 만들겠다고 말씀을 드렸고 허락을 받아 교회학교 소년부 아이들로 야구부를 결성했다.

주일 예배에 잘 나오는 아이들로 주전 1, 2팀 전도하여 새로 나온 아이들은 후보 1, 2팀 합하여 40명으로 팀을 구성하고, 유니폼과 운동기구들을 자비를 들여 구입하여 폼 나게 출발을 했다. 그 바람에 주일 예배 시간이면 우리 반은 40~50여 명의 아이들이 모여들어 보조 교사를 둬야 할 정도였다.

야구부 운영은 소년부에서 약간의 간식비 지원은 있었지만 나 혼자서 감당해야 했고 나는 내가 소장하고 있던 기독교 서적 약 800권의 도서 목록을 작성하여 교회학교교사, 청년회원들에게 대여해 주면서 대여비 200원(부정확함)을 받아 야구부원들 간식도 사주고, 망가지거나 분실된 야구용품 등을 구입하는데 보탰다. 대부분 도서 대여비보다도 더 많은 대금을 지불해 주시며 야구부를 위해 사용하도록 해주셨다.

대한 야구협회 사무실에 찾아가서 리틀야구단 등록을 위해 필요한 서류를 준비해 가는 과정 중에 조건이 부족해서 이를 맞추려고 준비하던 중 더 이상 진행하지 못해 아쉬움이 남는다. 또 당시 주변 초등학교 야구 명문 팀들과 시합을 요청했다가 거절당한 일들도 아쉬움으로 남아있다. 지금도 이렇게 생생히 기억하고 있는 것을 보면 종암중앙교회 소년부 교사와 야구부 감독을 맡았던 시절이 참 즐겁고 보람된 시간이었다.

이렇게 열심히 봉사하는 모습을 좋게 보셨는지 그해 연말에 교회에서 서리 집사로 임명을 받았다. 나, 강현중, 조현 세 사람이 총각 집사로 임명을 받았는데 큰 교회에서 총각 집사가 된다는 것은 이례적인 일이었기에 이 또한 큰 영광이라 생각한다.

그때 있었던 신기한 체험이다. 내가 야구부 감독을 맡고 있을 때, 주일 오후나 토요일 오후에 모여 연습도 하고 경기도 했다. 혹 주일 오후에 내가 교사교육이나 성경학교 준비 등이 있을 때는 야구부와 함께하지 못하고 야구부 주장 김한철에게 맡겨 훈련도 하고 경기를 하도록 하였다.

어느 주일 오후에 교사회의를 하고 있는데 야구부 주장 한철이가 찾아왔다. 고려 아파트 공터에서 야구 시합을 하다가 유리창을 깼는데 유리창 값을 물어 줘야 한다는 것이다. 내가 가지 않아도 유리창 값만 주면 된다고 하기에 주머니에 있는 돈을 털어 주며 남으면 가지고 있다가 다음 토요일에 주고 모자라면 선생님이 내일 준다고 말씀드리라고 지시한 뒤 교사회의에 참석했다.

그날따라 회의가 늦게 끝났다. 나는 아무 생각 없이 육교를 건너 버스 정류장에서 버스를 기다리다가 버스비가 없다는 것을 알았다. 교사들과 헤어지기 전에 알았다면 빌리기라도 했을 텐데 난감했다. 주변에 아는 사람이 있나 둘러보아도 아무도 없고, 걸어가야 하나? 기사님께 사정을 말씀드리고 얻어 타고 가야 하나? 한참을 생각하며 망설였다. 그때 고급 승용차가 와서 내 앞에 멈추더니 이문동 국악고등학교 가는 길을 물었다. 나는 너무나 반갑고 놀라면서 제가 그 근처에 사는데…. 했더니 타고 가면서 길을 알려달라고 해서 그 차를 타고 집 앞까지 간 적이 있다. 신기하고 놀라운 일이다. 물론 하나님이 하시는 일은 이보다 더한 일도 일어나지만 말이다.

야구부 감독을 맡고 있을 때의 일이다. 여름방학을 맞아 첫해는 경기도 연천의 재인폭포 부근으로 소위 전지훈련을 갔다. 전지훈련 둘째 날인지, 셋째 날인지 기억은 나지 않지만, 밤에 폭우가 쏟아졌다. 나는 아이들을 깨워 모든 짐을 정리하고 인근의 교회를 찾아갔다. 알지 못하는 교회지만 십자가 불빛을 보고 무작정 찾아가서 사정을 이야기했더니 교육관을 내주어 밤을 보내고 다음 날 귀가했다. 주 안에서 한 가족 됨을 느끼고 감사하게 생각하고 있다. 지금 같으면 나중에라도 한 번 들러 감사의 마음을 전했을 것인데 그때는 철이 없었던지 그것으로 끝이었다. 시간이 오래되어 기억도 가물가물한 그때 그 교회 목사님에게 평생 미안함과 감사한 마음을 가지고 살아갈 것 같다.

두 번째 전지훈련은 충북 괴산군 연풍면 유상리 요동교회로 갔다. 둘째 매형(황동석 목사)이 목회하시던 때였다. 잘 도착하여 첫날을 보내고 있는 저녁에 야구부 주장 김한철의 외삼촌이 개인택시를 운전하고 거기까지 오셨다. 사연인즉 한철이가 어머님께 말씀을 드리지 않고 온 것이었다. 부모님께 말씀을 드려 허락을 받았는지를 확인을 하고 또 했는데 한철이는 어머니가 허락하지 않았는데 허락을 받았다고 거짓말을 하고 전지훈련에 합류한 것이다. 한철이 집에서는 난리가 났고 소년부 전도사님, 부장 집사님에게 전화해서 전지훈련을 간 장소를 알아서 삼촌이 찾아온 것이다. 한철이 삼촌은 우리가 안전한 곳에서 재미있게 놀고 있는 모습을 보고 올라가셨다. 당시 한철이가 6학년이었으니까 지금은 50대 초반이 되었을 것이다. 보고 싶다. 무척 보고 싶다.

서울장신대학교에 입학하여
겸손히 목회를 준비하다

'그러므로 누구든지 이런 것에서 자기를 깨끗하게 하면 귀히 쓰는 그릇이 되어 거룩하고 주인의 쓰심에 합당하며 모든 선한 일에 준비함이 되리라'

† 디모데후서 2장 21절

어려운 가정 형편은 내가 고등학교에 갈 무렵에도 조금도 나아지지 않아 나는 고등학교에 가는 것을 포기하기로 마음먹었다. 그래서 고등학교 시험 3일 전에 있었던 덕령리 작은 고모네 고종사촌 누님 결혼식에 참석하고 결혼식이 끝난 다음에도 집으로 오지 않고 고모님 집에서 놀았다. 아마도 방학 기간이었던 것으로 기억한다. 고모님 댁에는 조카 성현이, 형덕이가 비슷한 또래여서 어울려 노는 재미에 시간 가는 줄을 몰랐다. 어머님이 힘들게 등록금을 마련하실 것이 걱정되어 스스로 고등학교 진학을 포기하고 시험 날짜를 넘겨 집으로 온 것이다. 뒤늦게 이 사실을 알게 된 어머니로부터 심한 야단을 맞았지만 후회하지 않았다. 어머니는 등록금 마련하는 것도 벅차고 힘들었어도 장남이라서 또 목사가 돼야 하니까 어떻게 해서든지 공부를 시키려고 했지만 내가 싫어서 그만두게 되었다. 그냥 학교에 가고 싶지 않다고 했다. 그렇게 내 학교생활은 중단되었다.

그러나 이전부터 신학교에 갈 생각을 하고 있었던 나는 부족한 학력 조건을 갖추고자 학업의 끈을 놓지 않았다. 서울 종로구 옥인동 서울교회에서 하는 '서울야학'과 서울 서대문구 북가좌동 향상교회에서 운영하는 '온무리 야학교'에서 공부를 했으며 서울 종로구 청운동 경복고등학교 부설 방송통신고등학교를 졸업하고 한국방송통신대학 행정학과에 입학하여 4년 과정을 마치고 행정학사가 되었다.

글을 쓰다 보니 최초에 방송을 탄 사건이 기억난다. 초코파이를 만드는 동양제과에서 근무할 때의 일이다. 나는 그때 퇴근 후에 서울 녹번동 은평초등학교 내에 있는 '은평 야학교'를 다녔는데 슈퍼마켓을 운영하시던 사장님이 교장선생님이셨다. 그때 원종배 아나운서가 진행하는 '사랑방중계'라는 프로에서 교장 선생님을 소개하는 시간이 있었는데 내가 학생 대표로서 학교생활과 교장 선생님에 대한 감사의 마음을 전하게 되었다. 동생 강대영 목사도 방송을 보았다고 응원해 주었고, 홍제동에서 나바우 슈퍼를 운영하시던 ㅇ사장님도 그 방송을 보았다고 격려해주셨다.

이후 1998년 서울장신대 신학과에 입학하여 학업을 마치고 그 후 장로회 신학대학 목연과 초시합격과 졸업 후 합격률이 10%라는 목사 고시 초시합격 등 신학 공부를 하는 과정에서는 승승장구, 탄탄대로를 걸었다. 후일에 아내는 누군가에게 이런 과정을 이야기할 때마다 나이 먹고 신학을 하니 하나님이 바쁘셨는지 그렇게 인도하셨다고 이야기를 했다.

신대원 졸업 후 2년 동안 수색교회에서 전도사로 사역하다 2003년 12월 26일 현 화전벌말교회 설립예배를 드리고 2년 뒤인 2005년 4월 25일 서울서북노회에서 목사 안수를 받았다.

세상에서는 하는 일마다 꼬이고 되는 일이 없었다. 다 잘될 수밖에 없는 조건에서도 어떤 돌발변수가 생겨 어렵게 되었다. 하던 그 일을 다른 사람에게 물려주면 망설임도 없이 물려받았고, 나에게 그 일을 물려받은 후배는 잘되어 고맙다고, 감사하다고 하는 경우가 많았는데 내가 할 때는 잘되다가도 막혔다. 소위 하나님이 신학의 길로 이끄신 작업이었다고 생각한다.

나는 서울장신대학에 들어가기 전까지 '교회학교 아동부연합회' 활동을 하였는데 1995년 '서울서북노회 아동부연합회' 12대 회장을, '서울시 아동부연합회' 26대 부회장을, 2002년 '서울시 아동부연합회' 33대 총무를 끝으로 공식적인 아동부연합회 활동을 중단했다.

서울장신대학을 졸업할 당시 나는 '서울시 교회학교 아동부연합회' 총무직을 맡고 있었는데 임기 중 '밥퍼' 사역과 '자랑스러운 장신대 동문상'을 받는 등 당시 최고의 목회자로 주목받던 최일도 목사님을 서울시 교사 부흥회 강사로 섭외했던 것도 잊을 수 없는 추억으로 남아있다.

최일도 목사님을 섭외하기 전에 주님의 교회를 목회하시다 사임하시고 스위스에서 체류하다 귀국하신 이재철 목사님을 섭외하려고 했으나 당시 목사님이 외부의 강의나, 설교를 일절 하지 않기로 마음을 작정하셨다고 하여 섭외하지 못한 아쉬움도 있었다. 하지만 20년이 다 된 지금도 "강 전도사님 이재철입니다. 저를 강사로 초청해주신 것 감사합니다만 일체 외부 활동을 하지 않기로 했는데 어디는 가고 어디는 가지 않고 하면 오해가 있을 수 있으니 이해해주십시오"라고 하셨던 부드러운 그 음성을 지금도 잊을 수가 없다. 지금은 건강상의 이유로 사역을 내려놓으시고 거창에서 생활하시는 것으로 알고 있다. 목사님의 건강과 하나님과의 행복한 동행이 계속되시기를 기원한다.

나는 이런 목사님들의 사역과 그분들의 삶, 그리고 최일도 목사님의 저서 『밥퍼』, 이재철 목사님의 저서 『회복의 목회』 등을 보면서 이런 목사님들과 같이 목회하고 이런 목사님들과 같이 살아야겠다고 다짐했다.

또 서울장신대학에 입학하고 보니 아동부연합회 활동을 같이했던 최영만 집사님이 교직원으로 있었다. 이미 알고 있었지만, 학교에서 만나니 더욱 반가웠다. 그런 인연으로 학교 졸업 후 12년 만에 서울장신대학 채플시간에 강사로 초청받아 설교하는 영광도 있었다.

학창시절 큰 교회를 담임하시는 내로라하는 유명하신 목사님들이 채플시간에 오셔서 설교할 때 은혜도 받고, 도전도 받고, 존경하고 부러워했던 그 자리에 내가 섰으니 만감이 교차했다. 그때 우리 교회는 개척교회 수준을 벗어나지 못한 작은 교회 목사였는데 말이다. 아마도 서울장신대학 채플시간에 강사로 오신 설교자 중 가장 작은 교회 목사로 기록되지 않을까 하는 생각이다.

그때 서울장신대학 동기들끼리 '섬김회'라는 모임을 만들어 지금까지 만남을 이어오고 있으며 장로회 신학대학 동기들끼리 '12광주리'라는 모임을 만들어 지금까지 만남을 이어오고 있다.

언제 어디서나 친구와 동기 들은 소중한 분들이다. 곳곳에 흩어져 각자가 주어진 환경에 따라 주의 일을 감당하는 동기들을 보면서 정시범도 보게 되고 오 시범도 보게 된다. 그러면서 '나도 저렇게 해야지' 생각하기도 하고 때로는 '나는 저렇게는 하지 말아야지' 생각하기도 하면서 성숙해 가는 것 같다. 그래서 한 분 한 분이 모두 소중한 분들이다. 함께 모여 기도하고 위로하며 격려하고, 그렇게 앞으로도 이어지기를 기대한다.

장로회 신학대학에 입학해서도 만남의 소중함을 경험하게 되었다. 학교에 입학한 지 얼마 되지 않아서 '아동부 전국연합회' 회장을 역임하신 서울 서노회 충신교회 최내화 장로님을 만났다. 최 장로님은 이후 서노회 노회장도 역임하시고, 전국 남선교회 연합회 회장도 역임하셨다. 당시 학교에 입학한 지 얼마 되지 않았을 때 모 모임에서 장로님을 뵈었다. 안부 인사를 나누고 근황을 이야기하는 중 장신대에 입학했다는 말씀을 드렸더니 매우 기뻐하시며 축하해 주셨다. 그러시며 장신대 교수이신 김운용 교수님과 장흥길 교수님을 소개해주셨다. 그때부터 두 분 교수님들은 나를 각별하게 대해 주셨고, 김운용 교수님은 우리 교회개척 초기에 예배 시간에 오셔서 은혜로운 설교도 해주시고, 작은 사례라도 하려고 했지만 극구거절하시고, 오히려 책을 사보라며 봉투를 주고 가셨다.

연합회 활동과 신학 하는 과정에서 만난 목사님들과 교수님들과 장로님들과 친구들과 동기들 한분 한분이 내 인생과 목회 여정 속에서 잊지 못할 귀한 분들이시다. 이분들을 만나게 하신 하나님께 감사를 드린다.

나는 장신대를 졸업하고 세계사이버대학에서 아동교육과 사회복지학을 공부하여 사회복지사 자격증을 취득하였으며 복지와 교육목회를 준비했다.

교회가 필요로 하는 곳의
목사가 되고자 했다

'너희의 하나님이 이르시되 너희는 위로하라 내 백성을 위로하라'

† 이사야 40장 1절

　나는 신학교에 들어가지 전부터 막연하게나마 목사가 될 것이라는 생각을 했었다. 아마도 어머니의 기도 때문이라고 생각한다. 그리고 목사가 되면 목사들이 가기 싫어하는 교회를 찾아가고, 목사가 원해서 가는 교회가 아니라 목사를 필요로 하는 교회에서 목회하리라 생각했다. 그 생각 그대로 신학교에 들어가면서 더욱 그 생각을 굳게 했다. 그래서 아내와 나는 명절이나, 휴가를 이용하여 시간이 나는 대로 농어촌 마을 이곳저곳을 다니며 교회(십자가)가 없는 동네를 찾아보았고, 교회가 있어야 할 만한 곳을 찾아다니며 개척할 곳을 물색하고 다녔다. 주로 완도, 해남, 하동, 남해 같은 곳이었다.

　내가 화전벌말교회를 개척했던 2003년 하반기에 우리 부부는 두 딸을 불러놓고 '엄마 아빠는 시골로 가려고 하는데 너희 둘이 서울에서 잘하고 있겠느냐?' 물었고 딸들은 그렇게 하겠다고 했으며 구체적인 계획들을 세우고 있었다. 두 딸은 '엄마, 아빠가 시골로 가더라도 엄마는 자기들이 걱정돼서 하루가 멀다고 서울에 올라올 것이라며 안도의 웃음을 웃기도 했다.

내가 이렇게 농어촌에서 교회를 개척하려는 배경에는 나의 모 교회를 통해 받은 영향이 크다. 나의 모 교회 강진읍 영파리, 영파교회는 우리 집에서부터 시작하여 부모님들이 중심이 되어 세워진 교회라고 할 수 있다. 당시 우리 집은 강진읍교회의 한 구역의 거점이 되었고, 동네에서 유일하게 예수님을 믿던 어머니는 택호가 예수댁이라고 불렸다. 그 예수댁 어머니가 이웃을 전도하여 당시 교인들은 다 어머니의 전도를 받고 믿음 생활을 하신 분들이다. 그렇게 우리 집에서 시작된 구역이 커지면서 예배당이 필요하게 되었고 그렇게 영파교회가 세워지게 된 것이다. 그러기에 우리 가족은 교회에 대한 애착이 남달랐다.

하지만 시골의 작은 교회였기에 목사님이 목회자로 온 적은 거의 없었다. 내가 어렸을 적에는 양병환 목사님 한 분이 두세 교회를 순회하며 목회를 한 것으로 기억하며 내가 중학생이 됐을 때는 강진읍교회에서 파송한 배덕수 장로님이 교역자로 교회를 섬기셨다. 내가 고향을 떠나 서울로 오고 난 뒤에도 몇 분의 전도사님들이 오셨다가 오래 계시지 못하고 금방 떠나는 작은 교회였다.
지금은 목사님이 계신다. 전도사님이 떠나시고 목회자가 공석일 때는 어머님이 교회 강단을 지키시며 예배를 드렸고 그때마다 어머니는 나에게 전화를 해서 "애야, 또 전도사님 가셨단다. 좋은 전도사님 오시게 기도해라" 하시고 전화를 끊으셨다. 아직도 그 힘없는 목소리와 실망감에 젖은 어머니의 목소리가 귀에 선하다.

어머니의 "또 전도사님 가셨단다. 좋은 전도사님 오시게 기도해라"는 말씀을 들을 때마다 나는 전도사님들이 야속했고, 내가 목사가 되어 우리 교회를 지켜야겠다는 철부지 어린이와 같은 생각을 하기도 했다. 이런 배경으로 인해 나는 신학교에 들어가면서 다시 한번 나는 목사가 되면 목사들이 가기 싫어하는 교회를 찾아가고, 목사가 원해서 가는 교회가 아니라 목사를 필요로 하는 교회에서 목회하리라 생각했던 것이다.

고향의 모 교회는 기장 측 교회이고 현재는 목사님이 목회를 잘하고 계시기에 철없던 시절 고향의 교회를 지키겠다는 생각은 안타까운 마음의 표현이었을 뿐, 내가 갈 수는 없었고 그래서 우리 고향 모 교회와 같은 그런 교회를 찾거나 개척을 하려 했다. 혹자는 왜 그런 교회로 가지 않고 현재의 교회를 매입하여 개척했는가? 하고 묻는 분도 계실 것이다. 그러나 나는 현재의 교회가 그런 곳이라고 생각한다.

당시 우리 교회의 상황

예장 통합 측에 속한 우리 교회는 개척 목사인 최0현 목사님께서 기도원에 다녀오시다 오토바이 사고로 하나님의 부름을 받으셨다. 그 후 2대 목사님으로 장O수 목사님이 부임하셔서 목회하시다. 1998년 개발 예정지인 행신동으로 확장 이전하여 가면서 개혁 측 교단 조O환 목사님에게 교회를 매매하게 되었다. 새로 교회를 매입하여 오신 조 목사님은 약 3년간 목회를 하시다가 목회를 중단하시고 교회를 팔고 가셨다.

그 후 부동산 중개업을 하시던 채봉우 장로님께서 매입하여 당신이 출석하는 교회가 재개발로 인하여 수용되면 그 교회가 건축하여 입당하기까지 임시 예배처소로 사용하려고 이 교회를 매입해 두었으나 2~3년이 지나면서 교회 내부 사정으로 상황이 변하면서 이 교회가 소용이 없게 되자 2003년 4월에 교회를 매매하기로 하였다. 4월부터 여러 차례 교회 매매에 대한 광고를 냈다고 한다. 그 장로님의 말씀에 의하면 7개월 동안 약 50여 명의 목사님이 교회를 둘러보고 갔는데 다시 연락하신 분이 없었다고 한다.

교회가 매매되지 않아 답답해하던 차에 창고로 쓰겠다는 분이 사겠다며 계약을 하자며 찾아와서 계약하려는데 금액을 조금 깎아달라고 했다는 것이다. 그래서 계약을 하지 못하고 절충하는 중에 증산제일교회(조천기 목사님 시무) 입당식에 갔다가 내가 그 사실을 알고 매입하여 교회를 설립한 것이다.

우리 교회는 증산교회로 시작하여- 화전제일교회- 서울교회- 현재의 화전벌말교회로 바뀌었다. 짧은 기간 안에 이 교회의 이름이 이렇게 바뀐 것을 보면 이 교회의 형편을 조금은 이해할 수 있을 것이다.

당시 지역의 상황

우리 동네는 대형 군부대(30사단)의 정문 앞에 위치하여 군사보호구역, 그린벨트, 개발제한구역으로 묶여 낙후된 동네다. 인접하여 56사단, 권율부대, 91연대, 101 항공대대 등이 있어 매사에 군 동의를 받아야 하며 대부분 주택이 국유지를 점유한 주택들이 많아 2015년 그린벨트가 해제되었어도 이렇다 할 변화는 일어나지 않고 있다. 몇 번 전도를 지원하러 오는 팀이 있었는네 그중에서 신일교회에 출석하는 공이석 집사님은 교회 주변 주택들을 다니며 전도를 하고 돌아와서 "서울 인근에 아직도 이런 곳이 있다는 것이 믿어지지 않는다"고 말하며 우리 교회가 할 일이 많겠다고 말씀을 하실 만큼 낙후된 동네다.

지리적 위치만 서울 인근일 뿐 7개월 동안 광고를 해도 교회를 하겠다고 오는 사람이 없는 교회, 50여 명의 목사님이 둘러보고 미련 없이 돌아서는 교회, 군부대와 인접하여 군사보호구역, 개발제한구역, 그린벨트에 묶여있는 교회, 서울과 경기도의 경계지역으로 행정구역과 생활권이 이원화되어 서울시와 고양시 어느 자치단체로부터도 관심 받지 못한 소외된 지역, 내가 오지 않았다면 예배당은 창고가 됐을 교회가 바로 우리 교회였다.

만약 이곳이 창고가 되었다면 이 동네는 교회 없는 동네가 됐을 것이다. 거리상 서울과 가깝다는 것 말고는 내가 하나님과 약속한 그런 교회다. 내가 기도하고, 서원한 대로 나를 위해 준비된 곳이라고 확신을 품고 이곳에 교회를 개척하게 되었다.

낮은 자의 마음을 헤아리는
목사가 되고자 했다

'주 앞에서 낮추라 그리하면 주께서 너희를 높이시리라'

† 야고보서 4장 10절

나는 이 글을 시작하면서 낮은 자의 마음을 헤아리는 목사가 되고자 하는 마음은 언제부터 생겼을까? 생각해 봤다. 우리 주님이 말구유에 태어나셔서 이 땅의 가난한 자와 병든 자들과 소외된 자들을 섬기셨다는 성경 말씀을 읽고부터일까? 생각해 봤으나 아닌 것 같다.

나는 출생부터 흙수저로 태어났다. 살아온 과정에도 되는 일이 없었다고 할 만큼 되는 일이 없었다. 그나마 목회를 빼놓고는 모든 분야에서 바닥을 헤맸다. 하나님께서 그런 바닥인생을 살게 하시면서 낮은 자의 마음을 헤아리는 목사가 되게 하셨다고 결론을 내렸다.

제주도살이 1년

어린 시절의 가난만으로는 부족하셨는지 삶의 여정 속에서도 어려운 일들은 계속되었다. 잘되던 사업이 순식간에 변하여 부도가 나서 1년간 제주도살이를 한 적이 있다. 물론 빚 때문에 사람을 피해

도망한 것이 아니고 현재의 삶의 환경을 바꾸고 싶은 마음에서였다.

당시 나는 아내와 어린 딸을 두고 제주도로 떠나면서 자리가 잡히는 대로 연락하면 제주도로 내려오라고 하고 혼자 제주도에 내려갔다. 그리고 3, 4개월 후에 최소의 살림살이만 화물로 부치고 2살 된 딸을 안고 아내가 제주도로 내려왔다. 조금은 안정적인가 싶은 순간에 다니던 직장의 사장님 부부 사이에 문제가 생겨 싸움이 잦아지면서 월급이 늦어지더니 급기야 이혼을 하시면서 직장이 다른 사람에게 넘어가게 되었고 고용승계가 되지 않으면서 직장을 잃게 되었다. 이때 아내는 집에 있었던 올림픽 기념주화 같은 것들을 돈으로 바꿔 생활해야 할 정도였다.

어머니가 한 번 다녀가시면서 쌀과 양념 같은 것들을 조금 공급해 주셔서 겨우 버틸 수 있었던 것으로 기억한다.

그 무렵 내가 한라산에 간다고 아내에게 김밥을 싸달라고 했다고 한다. 아무 말 없이 아내가 김밥을 싸주어서 잘 다녀왔는데 나중에 아내는 그때 돈이 없어 기념주화를 팔아 김밥을 싸주었다고 했다.

처가살이 반년

그렇게 어려운 제주살이를 끝내고 서울로 오기로 마음을 먹었다. 당시 수중에 가진 돈은 겨우 제주에서 완도까지 여객선 배표를 살 수 있는 액수와 완도에서 서울까지 고속버스 차비 정도가 있었다. 아마도 제주에서 만난 정종민 친구가 밥이라도 사 먹으라고 조금 준 돈이 아니었다면 차비도 모자랐을 것이다. 그렇게 완도와 인접한 고향 강진을 들르지 못하고 눈물을 삼키며 고향을 거쳐 서울로 왔다.

서울에서는 처가에서 약 6개월가량 머물면서 직장과 집을 구해 나왔고 이후에도 이런 비슷한 상황을 겪으면서 오늘에 이르렀다.

나는 신학을 하면서 이런 모든 삶의 과정이 낮은 자의 마음을 헤아리는 목사가 되게 하시기 위한 하나님의 훈련 기간이었다고 깨닫게 되었다. 이런 광야학교 시절의 경험이 지금의 이곳에서 목회하시겠다고 결정하게 됐다고 생각한다.

마을의 경제적 상황

파트 1장 제3강에서 말씀드린 대로 우리 동네는 대형 군부대(30사단, 56사단, 권율부대, 101항공단, 91연대)가 많기에 군사보호구역, 그린벨트, 개발제한구역으로 묶여 낙후된 동네다. 개집도 맘대로 짓지 못한다고 말할 정도로 감시가 심하고 까다롭다.

한 집에 5~6세대가 사는 집도 많고, 그 세대들이 집 밖에 있는 재래식(푸세식) 화장실을 공동으로 사용하는 집들도 있고, 아이들, 젊은이들은 귀하고, 대부분 할머니 할아버지에, 혼자 사는 이혼 가정, 노총각이 상대적으로 많은 곳이다. 그야말로 60, 70년대의 드라마를 찍기에 딱 좋은 마을이다.

교회가 있는 마을은 행복하다, 마을목회

나도 처가에서 나와 이곳에서 약 15년을 살았던 곳으로 주민 대부분은 최저 수준의 소득 계층이며 소위 전형적인 달동네라고 할 수 있다.

아내는 처음에 내가 이곳에서 교회를 개척하자고 했을 때 이곳은 우리가 가장 어려울 때 들어와서 많은 고생을 하며 살던 마을인데, 우리를 알 만한 사람들은 다 아는데 왜 하필이면 이곳이냐고 했다. 나는 속으로 생각했다. 그래서 더 많은 하나님의 사랑을 필요로 하고, 그래서 교회의 할 일 더 많은 곳이다. 그러니 우리가 와야 할 곳이다.

나는 아내에게 3일 동안의 시간을 두고 기도하고 하나님의 뜻을 따르자고 설득을 했다. 아내도 그렇게 하기로 했다. 나는 이미 응답을 받았지만 내 응답만으로 아내를 억지로 끌고 가고 싶지는 않았다. 3일째 되던 날 아내가 가자고 했다. 하나님의 응답을 받았다는 것이다. 기도하는 아내에게 하나님께서는 빌립보서 2장 5-8절의 말씀을 들려주셨다.

'너희 안에 이 마음을 품으라 곧 그리스도 예수의 마음이니 그는 근본 하나님의 본체시나 하나님과 동등 됨을 취할 것으로 여기지 아니하시고 오히려 자기를 비워 종의 형체를 가지사 사람들과 같이 되셨고 사람의 모양으로 나타나사 자기를 낮추시고 죽기까지 복종하셨으니 곧 십자가에 죽으심이라' (빌립보서 2장 5-8절)

아내의 결정과 함께 즉시 부동산으로 가서 계약했다. 2003년 10월 26일이다. 이후 11월 26일 중도금 지불, 12월 26일 잔금을 지불하고 설립 감사 예배를 드렸다.

이 과정에서도 놀라운 일이 있었다. 당시 살던 집을 매매하여 자금을 마련했는데 당시 집을 내놓자마자 매매가 됐다. 당시는 집이 빨리 매매가 된다는 것이 쉽지 않은 상황이었다. 당시 어려운 상황에 집이 빨리 팔렸다는 기억만 있을 뿐 정확히 어떤 상황이었는지 기억이 나지 않아 이 책을 쓰면서 인터넷으로 검색을 해보았다.

2003년 부동산 시장 상황을 검색해 보니 노무현 정부 시절로 '7번의 대책을 내놓은 엄청난 규제의 시대'라고 뜬다. 1. 부동산투기 방지를 위한 대대적인 세무조사 실시 2. 투기수요 차단을 위한 주택행정 강화 3. 부동산 보유세 과세 강화 등이 검색된다. 그런 상황에서 집이 빨리 매매된 것을 두고 하나님의 인도하심으로 고백했던 기억이 생생하다.

그렇게 하나님은 낮은 자의 마음을 헤아리는 목사가 되게 하려고 하나님의 훈련기관 광야학교를 경험하게 하시고 낮은 자의 삶으로 섬기는 목회를 하도록 하셨다.

어머니의 소원대로
참 목자가 되고자 했다

'목자가 없으므로 그것들이 흩어지고 흩어져서 모든 들짐승의 밥이 되었도다'

† 에스겔 34장 5절

이미 내가 신학을 할 수밖에 없었던 이유와 과정을 기술하면서 어머니의 이야기를 많이 했다. 어머니는 육체적으로 나를 낳아주시고 길러 주셨을 뿐만 아니라 영적으로 길러 주신 분이다. 매일 새벽마다 빠지지 않고 나를 위해 드리는 기도는 말할 것도 없고 나만 만나면 붙들고 참 목자의 길을 가르치셨다.

어머니가 나를 가르치실 때면 그 말씀이 실제적이고 합당하다고 느꼈기 때문에 나는 그 내용을 잊지 않고 기억하려고 녹음을 해두기도 했다. 다 녹음을 하지 못했기 때문에 아쉽지만 그나마 보관하고 있는 녹음파일이라도 같이 들을 수가 없어 못내 아쉽다.

어머니는 나에게 이렇게 접근하신다
'너 성경에서 이런 말씀 읽어봤냐?'로 시작하시면 성경 말씀으로 가르치신다. '아(애)야 우리 교회 목사님은 이래야'로 시작하시면 전,

현직 고향의 교회 담임목사님들의 목회 과정의 장단점과 목사님과 교인들 사이에서 있었던 이야기로 가르치신다.

'어디 가서 들으니까 저기 어디 교회 목사님은 이런다고 하더라'로 시작하시면 방송이나 누구로부터들은 목사님의 이야기로 나를 가르치신다.

내가 명절이나 휴가 때에 고향을 찾으면 어머니는 성경책을 가지고 오신다. 그리고 주보를 끼워 놓으셨거나, 접어둔 곳 여기저기를 펴시며 가르치신다. "너도 목사이니까 읽어보았겠지만, 성경에 이런 말씀이 있더라, 너도 읽어봤겠지만 들어봐라, 하나님의 말씀대로 살면 건강을 주신다고 말씀하시냐? 오래 산다고 그러냐? 봐라, 성경 말씀이 꼭 맞다. 내가 하나님의 말씀대로 사니까 건강 주셔서 나보다 더 나이 어린 사람들도 전동휠체어를 타고, 유모차를 끌고, 약을, 약을 그렇게 먹고 귀가 안 들린다. 눈이 안 보인다. 야단이다. 그래도, 나는 이 시상(세상)에 뭔 약을 먹어보기를 했냐, 지팡이를 짚기를 하냐, 안경 안 써도 성경도 다 읽제 나같이 건강한 사람이 없다"고 하시며 그야말로 일장의 설교를 하신다.

성경 이곳저곳 펴시고 하실 말씀을 마치시면 이제는 목사님 이야기로 나를 가르치신다.

우리 교회 목사님은 이렇다, 너는 그러지 말고, 어쨌든지, 좌우등간 하나님 일만 열심히 하면, 하나님이 책임져 주실 것이니까 잘해서 참 목사가 되라 하신다.

어머니는 참 목사의 덕목으로 심방을 강조하셨다. 혹시 예배 시간에 결석하고 빠지는 교인이 있으면 뭔 일이 있냐고 전화도 하고, 찾아보고 그래야지 오든지 말든지 관심도 없으면 안 된다. 어쨌든지 심방을 열심히 하라고 하신다.

또 어머니는 참 목사의 덕목으로 어른들을 살 섬기라고 하셨다. 교인 중에 나이 드신 교인이 있으면 어머니 보듯이 반갑게 하고, 잘하라고 하셨다.

또 어머니는 교인들에게 헌금을 부담 주지 말라고 하셨다. '우리 교회에 나와 주는 것만도 감사한데 헌금까지 부담을 주면 안 된다. 나(어머니)도 처음에는 드릴 것도 없고, 아버지는 교회에다 다 퍼다 준다고 야단을 하고, 헌금 생활을 못 했지만, 어느 순간 하게 되었다. 어쨌든지 축복해 주고 사랑해 주라고 하셨다. 기도해 줘라, 나눠 줘라, 그런 목사가 참 목사다'라고 가르쳐 주셨다. 나는 어머니의 가르치심을 마음속에 간직하고 참 목사의 길을 걸어가려고 애를 쓰고 있다.

고향 교회 배덕수 장로님처럼
실천하는 목사가 되고자 했다

'그로 그들 앞에 출입하며 그들을 인도하여 출입하게 하사 여호와의 회중이 목자 없는 양과 같이 되지 않게 하옵소서'

+ 민수기 27장 17절

어린 시절의 우상은 배덕수 장로님이셨다. 잠깐 그분의 약력을 소개한다.

배수현(덕수) 장로 약력

1908년 12월 11일(음력): 전남 장흥군 용산면 하금리에서 출생

1932년 1월: 장흥군 용산면 월정리 김점순(1912년 8월 26일생) 씨와 결혼

1935년 12월 말 주일: 강진읍교회 조사 시무 이남규 씨로부터 전도 받음

1937년 4월 첫 주일: 조하파 선교사에게 세례받음

1948년 2월 둘째 주일: 배영석 목사로부터 집사 피택

1960년 4월 3일: 김병두 목사로부터 안수집사

여기까지는 그저 평범한 한 사람의 약력에 불과하다. 그러나 다음부터는 다르다. 안수집사다. 그런데 목사의 일을 한다. 위에 소개된 약력에 보면 학력에 대한 소개는 없다. 내세울 만한 것이 없으신 것이 맞다. 내 기억으로 장로님은 내세울 만한 배움 없이 겨우 한글만 깨우친 정도인 것으로 알고 있다.

장로님은 도배 일을 하셨다. 그때는 지금같이 도배가 일반화되지 않았던 것으로 기억한다. 그래서 삶이 그다지 넉넉하지 않으셨다. 그 도배 일을 하셔서 아들을 공부시키시고 목사가 되기까지 뒷바라지를 하셨다. 장로님이 돌아가신 후에 강진읍교회 목사님이 장로님 하관예식 설교 중에 나오는 것처럼 힘든 현실에서도 항상 기쁘게 웃으시며 늘 손을 들어 할렐루야라고 하시며 인사를 하셨다. 그런 안수집사님의 이어지는 약력을 보면 목사들이 각성하고 부끄러워해야 할 정도다.

1951년 4월부터 12월까지: 강진읍 도원리 확장마을 주일학교 교사 전임(학생 60명)
1954년 1월: 군동면 안풍리 조성철 씨 주택에서 윤재훈 씨와 함께 '안풍교회' 개척(교인 수 50명)
1957년 5월: 안풍리 안풍부락에 '교회개척' 건립(후임자 김정주 전도사 부임까지)
1948년부터 1965년까지: 강진읍교회 집사직

1965년부터 1967년: 강진군 대구면 저두리에 '저두리교회' 개

척(교인 수 20명)

1970년 2월 셋째 주일부터 1972년 4월 2일 주일까지: 강진군

도암면 '영파리교회' 도움(교인 수 60명)

이 기간이 바로 장로님이 고향 영파교회 목회자로 계신 기간이다. 이후에 장로님이 되시지만, 현재까지는 안수집사님이시다. 그런데 도배 일을 하시면서 목회를 하시고, 교회를 개척하시고, 또 삶으로 사랑을 실천하시고 모든 면에서 목회자의 수준을 넘어서 계신 분이다. 그러니 누구나 본받고 싶은 분이라고 생각한다.

장로님의 나머지 약력이다.

1972년 4월 9일 주일: '성전교회' 부임 설교(교인 수 40명)

1975년 4월 17일: 장로임직(강진읍교회, 김병두 목사)

1984년 5월 25일: 김점순(장로님의 부인) 권사 임직

2000년 1월 14일(음 12월 8일) 17시 32분: 김점순 권사(88세)

소천

2004년 4월 10일(음 2월 21일) 0시 7분: 96세 소천

배덕수 장로님은 평생 성경을 읽으시며, 기도하시며 지내셨다.

토요일 저녁이면 주일을 지키기 위해 비가 오나 눈이 오나 하얀 두루마기에 흰 고무신을 신으시고, 자택이 있는 강진읍에서 도암면

영파리까지 5km가 넘는 길을 걸어오셔서 교회서 주무시고 주일 예배를 마치면, 심방을 하시고, 수요일 저녁 예배를 인도하시기 위해서도, 금요일 저녁 철야 기도회를 인도하기 위해서도 그렇게 다니시면 목회하시던 장로님의 모습이 생생하게 떠오른다.

장로님이 고향의 교회 사역을 그만두신 어느 해 설에 나는 아내와 함께 고향에 내려오는 길에 장로님께 인사를 드리려고 자택으로 찾아뵈었다. 그때가 토요일 오후였는데 한참을 밖에서 기다리다. 들어오라 하여 들어갔더니 '하나님을 만나는 주일인데 깨끗하게 하고 만나야지' 하시며 집에서 목욕을 하고 계셨다. 장로님은 예수님을 영접하고 난 다음부터 지금까지 추우나 더우나 매주 토요일마다 집에서 목욕을 하신다고 하셨다.

2004년 4월 13일 장로님의 하관 예배에서 강진읍교회 담임목사의 설교 내용 중 일부를 발췌했다.

'이제 우리는 故 배덕수 강진읍교회 원로장로님의 하관 예배를 드리고자 합니다. 지난번 제가 강진읍교회 담임목사로 취임할 때 서울에서 멀리 바다가 바라보이는 강진읍에까지 오셔서 축하해 주시고 제 손을 꼭 잡아 주신 그 사랑을 저는 잊을 수 없습니다.

또한, 여기에 오셨다가 서울로 돌아가셨을 때도 참으로 행복하게 느끼셨다고 하셔서 참으로 좋았습니다. 하나님 품으로 가실 때도 고통을 당하시지 않고 평온한 모습으로 가셨다 들었습니다. 진실로 장로님의 삶은 할렐루야로 시작되어 아멘으로 끝나는 삶이셨습니다.'

서울에 사시면서도, 연로하신 몸을 이끌고 본 교회 젊은 담임목사님의 취임예식에 참석했던 것으로 보인다. 그렇게 장로님은 마음이 따뜻하시고, 교회 사랑, 주님 사랑이 남달랐던 분이시다.

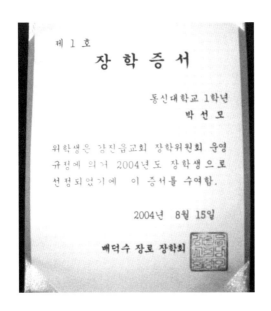

장로님에 대한 자료를 찾다가 장로님의 존함으로 장학회를 만들어 장학금을 지급했던 증서를 찾았다. 예전에 나에게도 교복을 사주시고, 장학금을 주시고 온갖 사랑을 다 베풀어 주셨는데 중단 없이 그 일을 계속해오시고 계셨다.

이런 장로님으로부터 많은 사랑을 받고 자란 나도 장로님 같은 사람이 되어야 하겠다고 마음을 먹었고 신학을 하면서는 더욱 장로님 같은 삶을 살아야겠다고 굳게 다짐했다.

장로님은 외아들을 두셨는데 종로구 옥인동 서울교회 배성산 목사님이시다. 배 목사님도 아버지인 장로님의 영향을 받아 사랑과 헌신으로 목회를 감당하셨고 기장 측에서 존경받는 목사님이 되었다. 이런 인연으로 서울교회부설 서울 야학교에서 함께 공부하기도 하였으나 어떤 이유인지 기억이 나지 않지만 오래 하지는 못하고 서대문구 북가좌동 향상교회에서 하는 양무리 야학으로 옮기게 되었다.

어머니의 소원대로 40세에 신학을 공부하다

'이에 예수께서 대답하여 이르시되 여자여 네 믿음이 크도다 네 소원대로 되리라 하시니 그 때로부터 그의 딸이 나으니라'

† 마태복음 15장 28절

외할머니(김모순)에 의해 주님을 영접하게 된 어머니는 내가 물에 빠져 죽었다가 살아난 사건 이후부터 진실한 신앙인으로 살아오셨다. 하나님이 살아 계시다는 것을 확신하고, 하나님의 말씀대로 살려고 부단히 노력하셨다. 이런 어머니의 믿음과 열심은 자연히 교회 사랑으로 이어지게 되었고 고향의 교회에 목회자가 공석일 때는 예배를 인도하기도 하셨고, 이웃 신기리교회에서도 예배를 인도하시며 일정 기간은 목회자 수준의 삶을 사셨다. 그러면서 목회의 가치와 보람과 필요성을 느끼신 것 같다.

어머니와 한동네에 살던 큰 집, 작은 집은 무당을 불러다 굿을 하고 제사가 일상화된 집안이었다. 어머니는 교회를 다니는 동안 할아버지에게 "집안 망할 짓 그만둬라"라며 핍박과 위협을 하는 상황에서도 중단 없는 신앙생활을 해 오셨다.

온갖 핍박 속에서도 믿음을 지켜 오신 어머니에게는 믿어지지 않는 간증 거리가 많이 있다.

어머니의 간증 1

어머니는 집사 직분을 갖고서도 잠깐 잠깐씩 목회자의 사역을 감당하며 사셨다. 고향교회에 목회자가 공석일 때도 그러셨고 6km쯤 떨어진 도암면 신기리 교회에 목회자가 없는 1년 가까운 기간에도 신기리 교회를 다니시며 강단을 지키며 예배를 드리셨다. 그 신기리 교회를 다닐 때의 일이다.

어느 주일 오후 신기리 교회에서 예배인도를 마치고 버스를 따고 집으로 오시는 길에 버스가 뒤집히는 대형사고가 났다. 여기저기서 팔다리가 부러지고, 살이 찢어지고 울부짖고 야단들인데 그 난리 통에도 어머니는 사고 전에 버스 손잡이를 잡은 그대로 무슨 일이 있었는가 할 정도로 아무 일도 일어나지 않은 것처럼 서 계셨다고 한다. 하나님이 지켜주셨다는 간증이다.

어머니의 간증 2

옛날 시골길은 외등도 없었고 등불을 들고 다니기도 여의치 않아 구역예배를 드리거나, 심방을 할 일이 있어도 캄캄한 밤길을 짐작으로 다니셨다고 한다. 어느 날 밤에도 교인 집에 심방할 일이 있어 갔는데 갈 때는 그래도 그렇게까지 어둡지 않았는데 올 때는 그야말로 칠흑같이 캄캄했다고 한다. 기도하면서 조심스럽게 한 발을 내딛는 순간에 환한 불빛이 어머니가 갈 길을 환히 비춰서 편안히 집까지 오셨다고 한다.

어머니의 간증 3

집에서 기르던 소가 일어나지도 못하고 먹지도 못하자 집에서는 야단이 났다고 한다. 당시에는 소가 큰 재산이었다. 아버지는 빨리 가서 수의사를 데려오라 하시는데 어머니의 마음에는 기노하면 일이 날 것 같다는 믿음이 들었다고 한다. 그래서 수의사를 데려오더라도 기도 한 번 하고 갔다 오겠다고 하시고 소의 머리에 손을 얹고 기도를 하셨다고 한다.

"하나님 소가 죽으면 어떻게 하겠습니다. 안 믿는 사람들이 뭐라고 하겠습니까? 소가 죽으면 큰 손해를 입게 되고 하나님의 영광을 가리게 되었으니 하나님 소를 살려주세요, 소가 죽으면 안 됩니다. 소를 살려주십시오."

그렇게 기도를 했다고 한다. 아버지는 한시가 급하다고 야단이고, 작은 누나도 "엄마 기도한다고 소가 살아나겠소, 아버지가 저 야단이니 그만하시고 빨리 가서 수의사 데리고 오세요"라고 했다고 한다. 어머니는 누나를 밀쳐내고 계속 기도를 하셨고 기도를 마치는 순간 소가 일어나서 먹이를 먹었다는 것이다. 기도 후에 소가 완전히 살아났다.

어머니의 간증 4

아랫집에 김○추 씨, 박○진 씨 부부가 사셨다. 보통은 아주머니가 시집오기 전에 살던 마을 이름으로(택호) 불렀는데 그분들에게는 아주머니의 이름을 붙여 ○진댁이라고 불렀다. 교회를 처음 나오기 시작하셨고, 직분도 없는 때니 그렇게 불렀던 것으로 생각한다.

그 ○진댁이 어느 날 아침 어머니를 급하게 찾으셨다. 돼지가 죽어 가니 윤 집사님(어머니)이 오셔서 기도를 해주라는 것이다. 어머니는 곧바로 ○진댁으로 가셨고 돼지머리에 안수하고 기도를 했더니 돼지가 살아났다고 한다.

그분들에게는 자녀가 없었는데 어느 날 동네 아주머니들이 새벽시장에 다녀오다가 산에서 간난 아기가 울고 있는 것을 발견하고 그 아이를 데려다가 ○진댁 집에서 키우도록 주었는데 아이 출생의 비밀을 숨기고 싶었던 그분들은 마을을 떠나 서울로 가셨다. 그 후에 들리는 이야기는 그 아이로 인해 무척 고생하신다는 이야기를 들었다. 그 이야기를 듣고 오신 어머니는 딸만 둘인 나에게 그 이야기를 해주시며 너도 아들이 하나 있었으면 좋았을 것인데 하시며 손자가 없는 아쉬움을 내비치면서도 하나님이 주시지 않으면 그도 감사하게 여기고 살아야지 팔자에 없는 아기를 얻으려다 그렇게 고생하더라는 말씀을 해주셨다.

어머니의 간증 5

농촌에서는 일이 끝나고 심방과 구역예배가 이루어지기 때문에 대부분 늦은 시간에 예배를 드린 경우가 많았다. 어머니가 구역예배를 드리기 위해 집을 나설 때는 우리(형제자매)는 아직 잠이 들지 않을 때이지만 어머니가 돌아오실 때쯤에는 우리가 다 잠을 자고 있을 때 오셨다. 어머니는 아래채에 계신 아버지에게 구역예배 드리러 간다고 하며 이따가 한번 내다보고 애들을 살펴달라고 말씀드리고 가셨다고 한다. 당시 등잔불을 켜고 살던 시절이라 위험한 상황을 늘 염려하시며 구역예배를 인도하러 가셨던 것이다. 어머니가 돌아오셔서 목격하는 광경은 저런 상황에서도 등잔이 넘어지지 않았다는 것이 기적이라고 할 만큼 등잔에 손이나 발이 닿아 있을 때가 많았지만, 등잔이 넘어질 상황에도 넘어지지 않고 있었다고 한다. 어머니는 그것도 하나님이 지켜주셨다고 말씀하셨다.

이렇게 어머니는 우리에게 살아있는 신앙을 체험하게 해주신 분이다. 이런 어머니의 신앙교육과 삶으로 보여주신 실천적 삶이 마을 목회자로서 오늘의 나를 있게 한 원동력이라고 생각한다.

그런 삶을 사셨던 어머니는 큰아들이 주의 종이 됐으면 하는 소원을 품고 계셨고, 나 또한 그 일을 두고 기도하시는 어머니의 마음을 알고 있었다. 그래서 나는 막연하게라도 언젠가는 주의 종이 될 것이라 생각했다. 아무 준비도 안 하고 자격도 없으면서 그런 생각을 했다. 그 일에 대한 나의 확신은 거의 100%였다. 신학을 하기 13년 전에 지금의 아내와 결혼을 약속하고 처가에 첫인사를 갔을 때도 나는 예비 장인 장모 앞에서 앞으로 저는 목사가 될 것이라고 했다.

어머니는 내 위로 두 분의 누님과 막내 여동생이 사모로 사역하고, 남동생이 목사로 사역하는 대도 만족하지 않으시고 큰아들이 하나님의 일을 하는 것을 원하셨다. 내 나이가 많아 목회할 가능성이 없다고 여긴 여동생이 우리가 하면 됐지 오빠까지 목회하라고 기도 하냐고 했더니 나는 큰아들을 하나님께 바친다고 기도했지 너희들이 하나님 일하라고 기도한 적이 없다. 너희들은 너희들이 알아서 했고 나는 큰아들이 목회하는 것이 제일이라고 말씀하셨다고 한다.

그런 어머니의 소원이 이루어지게 된 결정적인 계기가 있다. 아내와 결혼을 약속하기 전 일이다. 설 명절을 맞이하여 고향에 내려갔다. 명절준비에 바쁘신 어머니는 너도 집사고, 구역예배 인도도 하니 구역예배 좀 인도하고 와라 하시며 웃돔(마을 위쪽) 고○○ 집사님 댁으로 나를 보냈다. 나는 어머니가 명절준비에 바빠서 그런 줄 알고 예배를 드리러 갔다. 그런데 나중에 알게 된 사실이지만 그 집사님 댁에 나보다 2~3살 아래인 딸 현숙이가 있었는데 양가 부모들끼리 이번 설에 오면 한 번 만나보게 하자고 약속을 하셨던 것이다. 당시 나는 지금의 아내와 교제 중에 있었기 때문에 두 사람의 인연이 이뤄지지는 않았지만, 동생 친구이기도 한 현숙이는 좋은 사람 만나 행복하게 살고 있을 것이다.

그런데 바로 그날이 신학교를 가기로 확실하게 마음먹은 결정적인 계기가 되었다. 그 날 구역예배를 인도하러 가면서 내 성경책을 가지고 가지 않아서 어머니의 성경책을 가지고 가게 되었다. 그런데 그 성경 속에 다음날(내일) 교회 가서 드릴 신년감사헌금 봉투와 신년기도 제목을 적은 종이가 끼여있었다. 기도제목을 읽어보니 큰아들이 주의 종으로 쓰임 받게 해주시라는 내용이었다. 충격이었다. 그 기도제목을 읽는 순간 더는 미뤄서는 안 되겠구나, 아, 내가 목사가 되지 않으면 안 되겠구나, 목회해야겠구나 하는 생각뿐이었다. 그 이유에는 분명한 두 가지 이유가 있다.

첫째는 기도가 응답된다는 것을 증명해 보여야 한다는 의무감 때문이었다

고향 영파교회 교인들은 대부분이 어머니의 전도로 예수님을 믿게 되신 분들이다. 그 어머니가 아들이 목사 되기를 기도했는데 기도 응답이 안 됐다고 치자 그러면 교인들은 뭐라고 하겠는가? 윤 권사님이 믿음이 없던가, 기도해도 소용이 없다는 생각을 하게 될 것이다. 그렇다면 신앙생활에 얼마나 부정적인 결과를 가져오겠는가.

반면에 윤 권사님이 그렇게 기도하시더니 큰아들이 목사가 됐다면 기도에 힘을 얻게 되지 않겠는가? 어머니의 면을 세워 드리고 기도의 능력을 믿게 해드려야 한다는 의무감에 신학을 하지 않을 수가 없었다.

두 번째는 어머니를 기쁘시게 해드려 한다는 의무감 때문이다

나에게 어머니가 어떤 분인가, 그 어머니가 바라고 원하시는 일을 해드리는 것이 자식의 도리라고 생각을 했다. 십계명 중 사람에게 해야 할 첫 번째 계명이 네 부모에게 순종하라는 계명이 아니던가, 이런 이유로 해서 신학을 결심하게 된 것이다.

그후 13년이 흘렀다. 신학을 하기로 하고 입학철을 맞이하기는 했지만 어떤 해에는 경제적인 여건이 안돼서, 어떤 해에는 하던 일이 마무리가 안 돼서, 또 당시 높은 이자를 주고 있는 빚이 천만 원 정도 있었는데 이자 갚기도 버거울 정도로 어려운데 아내와 두 아이를 둔 가장으로 기본적인 생활 대책도 없이 학교에 간다는 것은 너무나 무책임한 일이라고 생각했기에 계속 미루고 있었다.

그리고 1996년 어머니가 교통사고를 당하셨다. 어머니는 농사용 모터가 고장이 나서 모터를 구입하려고 농기구 가게로 가는데 초보 운전자가 인도를 걷고 계신 어머니를 추돌한 것이다. 큰 상해를 입으셨다. 어머니의 사고를 처리하던 동생이 사고 합의금으로 받은 1,000만 원을 나에게 보내왔다. 당시 어머니도 동생도 별다른 대화도 이견도 없이 이심전심으로 어머니가 형에게 보내주라고 해서 보낸다는 것이다. 나는 그 돈으로 빚을 갚고 신학교에 들어가게 됐으며 어머니는 치료를 받고 퇴원하신 후부터 94세인 지금까지 어떤 후유증도 없이 깨끗하게 치유되셨다. 그렇게 나의 신학수업은 시작되었다.

내 나이 40에 서울장신대학교에 입학하고 나니 당시 출석하고 있던 화전제일교회 장민수 목사님께서 아동부 전도사로 임명하여 사역할 수 있도록 길을 열어주셨고, 다음 해에는 중. 고등부 전도사로 사역하게 해주셨다. 이어 오병이어교회(유종대 목사), 수색교회(김권수 목사)에서 전도사로 사역하며 목회적 훈련을 받고 2003년 12월 26일 현 학전벌말교회를 설립 개척하여 목회하게 되었으며 2005년 4월 25일 목사 안수를 받았다.

Part 2

예 수 사 랑
실 천 의
마 을 목 회

6가지 원리로 마을목회를
몸으로 실천하다

▐ 선한 손을 펴 교회가 교회되게 하는 화전벌말교회

▐ 선한 손을 펴는 최일도 목사님과 함께

▐ 손을 편 교회에 주신 하나님의 선물

교회가 있는 마을은 행복하다, 마을목회

솔선수범의 원리 -
목회자가 먼저 솔선수범하다

'범사에 여러분에게 모본을 보여준 바와 같이 수고하여 약한 사람들을 돕고 또 주 예수께서 친히 말씀하신 바 주는 것이 받는 것보다 복이 있다 하심을 기억하여야 할지니라'

† 사도행전 20장 35절

동양의 성현이라고 하는 공자는 『논어』에서 이렇게 말씀을 하신다. '윗사람의 몸가짐이 바르면 명령하지 않아도 백성들은 따른다. 그러나 윗사람의 몸가짐이 부정하면 아무리 호령을 해도 백성은 따르지 아니한다' 그렇다. 지도자에게는 모범이 중요하다. 윗사람이 아무리 큰소리로 호령하고 협박을 한다 해도 그 윗사람이 몸가짐을 바르게 하지 않으면 백성은 따르지 않는다.

예수님은

예수님은 항상 우리에게 모범이 되셨다. 주님은 마지막 유월절 자리에서 섬김의 본을 보여주셨다.

'내가 주와 또는 선생이 되어 너희 발을 씻겼으니 너희도 서로 발을 씻기는 것이 옳으니라 내가 너희에게 행한 것 같이 너희도 행하게

하려하여 본을 보였노라'(요한복음 13장 14-15절)

주님은 하늘 보좌를 버리시고 이 땅의 낮은 곳 마구간의 구유로 내려오셨다. 그것도 모자라 음부까지 내려가심으로 겸손의 본을 보여주셨다. 주님은 죽기까지 복종하심으로 순종의 본을 보여주셨다.

주님은 십자가에서 죽으심으로 헌신과 사랑의 본을 보여주셨다. 주님은 당신을 십자가에 못 박은 빌라도와 로마 병정들을 용서하심으로 용서의 본을 보여주셨다.

바울은

고린도전서 11장 1절에서 '내가 그리스도를 본받는 자가 된 것 같이 너희는 나를 본받는 자가 되라'고 했다.

또 디모데전서 4장 12절에서 바울은 디모데에게 '오직 말과 행실과 사랑과 믿음과 정절에 있어서 믿는 자에게 본이 되라고' 했다.

베드로전서 5장 3절에서 베드로는 양 무리의 본이 되라고 한다.

요한3서 1장 11절에서 요한은 '사랑하는 자여 악한 것을 본받지 말고 선한 것을 본받으라'고 한다.

그렇다. 우리는 주님을 본받아 살고, 성경의 가르침을 따라 살아야 한다.

학자들은

제임스 스핑크는 "기독교는 기독교를 반대하는 자들이 아니라 오히려 옹호하는 자들로 인하여 크게 해를 받아 오고 있는데 이는 세상이 때로 그들의 말과 삶이 서로 다른 것을 보기 때문이다. 그들은 만일 기독교가 우리가 말한 대로 옳다면 마땅히 그들의 삶에도 변화가 있어야 한다"고 말했다.

그리고 허드슨 테일러도 "성경을 믿는다고 고백하면서도 마치 성경이 어디 있느냐는 식으로 사는 사람들의 모순된 삶이 나의 회의론 적 동료들의 강한 논쟁의 대상이 되고 있다"라고 말했다.

세상 속에 사는 성도들이 보여주는 삶의 모습에서도 이중적인 모습들이 너무나도 많다. 윌리암 맥도날드는 이런 이야기를 한다. "최근에 나는 범퍼에 두 장의 스티커를 붙이고 다니는 트럭을 본 적이 있다. 하나는 '나는 예수님을 사랑합니다'라는 것이었고 오른쪽에 있는 다른 하나는 더 인상적인 이태리식 글자체로 '내 차를 건드리면 너의 얼굴을 부숴놓겠다'라고 쓴 것이었다. 아마도 차 주인은 두 스티커의 의미가 크게 대조되고 있다는 사실을 몰랐던 것 같다.

우리는 그리스도의 몸의 지체들이다. 몸은 그 사람을 나타내는 하나의 도구이다. 그리스도의 몸 된 교회는 그리스도께서 그 자신을 세상에 나타내시려고 택한 하나의 도구이다. 이러한 사실은 우리 모두에게 '나는 어떤 그리스도의 모습을 나타내고 있는가?'라는 질문을 하게 한다. 이는 우리에게 다음과 같은 질문을 하게 한다. '그들이 오직 나를 통해서만 그리스도를 볼 수 있다면 과연 그들은 내게서 무엇을 볼 것인가?'"

나는

내 이름으로 매입한 교회(예배당)을 교회 명의로 소유권을 이전하여 증여하였다. 이미 파트 1장과 2장에서 밝혔듯이 흙수저로 태어나 낮은 자의 삶을 살았다. 그리고 그것은 낮은 자의 마음을 헤아리는 목사로 만들기 위한 하나님의 계획이었다. 물론 20대 후반에는 서울 성북구 종암동 주변 상권의 중심이었던 주신예식장이 있는 청한상가 103호 상가를 소유하기도 하고, 집을 가져보기도 했다. 그러나 허랑방탕한 삶으로 모든 일이 잘못되어 상가를 정리하고 제주살이를 시작하게 된다. 이후 신학교에 들어가기 전까지 방 하나에 부엌 하나 있는 월세방을 전전했다. 3~4년 정도는 비닐하우스에서 살았던 적도 있다. 그런데 신학교에 들어가면서 서울 응암동에 집을 사게 된 것이다. 얼마나 기뻤을지 상상이나 가는가? 예부터 신학생은 가난의 대명사처럼 여겨졌는데 신학교에 들어가면서 집을 산 기적 같은 일이 일어난 것이다. 물론 아내의 고생 덕분이다.

그 집은 시간이 흘러 교회를 개척하면서 팔게 되었다. 교회를 개척하기 위한 건물을 매입해야 했는데 가진 것이라고는 집이 전 재산이라 팔 수밖에 없었다. 교회를 매입하면서 그 예배당을 하나님께 드려야겠다고 마음먹었다. 그리고 교회 설립 1주년 추수감사주일에 교회대표 이애자 집사에게 교회 명의로 소유권이 이전된 등기 권리증을 넘겨주었다. 시간이 지나면 혹시라도 욕심이 생겨 마음이 변질될까 봐 조금이라도 교회에 대한 사랑이 충만할 때, 하나님의 은혜에 대한 감격이 풍성할 때 넘겨드리고 싶었다.

아내는 할머니를 업고 병원에 다녔다

교회개척 초기 최초의 등록교인이 된 고 이상용 집사님, 김순기 집사님 부부가 계셨다. 두분은 교회에 출석하며 믿음으로 사셨던 분들인데 이전의 교회가 문을 닫으면서 연세가 많고 교통편이 없어 어떤 교회도 다니지 못하고 쉬고 계신 상황이었다. 우리 부부는 김순기 할머니가 아프다는 것을 알게 되었고 정기적으로 병원에 다닌다는 것도 알게 되었다. 어느 날 우리 부부가 찾아갔다. 그 날도 병원에 가실 채비를 하고 계셨다. 저희가 모시겠다고 정중히 설득하여 차에 태워 병원엘 갔는데 병원 계단을 올라가지 못하셨다. 지금껏 집을 나서서 겨우 버스를 타고 병원에 도착하면 계단은 남편이 업고 다니셨다고 한다. 이런 상황에서 아내가 나서서 그 할머니를 업고 병원 치료를 다녔다.

차츰 시간이 지나면서 할머니는 집에서 차를 타러 나오는 것도 어려워 아내가 업고 나와서 차에 태우고 병원엘 다니게 되었고 그때 동네에서 비디오 가게를 하던 젊은 부부(후에 교인이 된 권준혁 집사, 유재희 집사)가 그것을 지켜보고 감동을 받았다며 교회에 등록하게 되었다.

사례비는 사양합니다

개척 후 6년간 사례비 없이 목회했다. 개척교회라 주고 싶어도 줄 수도 없고, 오히려 모든 경비를 목사가 책임지는 것이 현실이다. 그러나 내가 여기서 말하고자 하는 말은 사례비를 조금이라도 받을 수 있는 형편임에도 받지 않았다는 말이다. 개척교회 목사님들 다 그런 마음이지만 나는 미련 없이 사례비에 대한 욕심을 버렸다. 예배당도 하나님께 드렸는데 무슨 욕심이 있겠는가?

그러다 교회개척 6년째 되던 해 여전도사님 한 분이 무보수로 사역하겠다 하여 같이 사역을 하게 되었다. 무보수로 하겠다고 했지만, 교통비는 드려야 하겠다는 생각에 월 30만 원을 드렸다. 이때부터 나도 월 30만 원의 사례비를 받게 되었다. 전도사님도 드리는데 목사님도 최소한 그만큼은 드려야 하지 않느냐며 재정부장 한창식 집사님과 회계 김상점 집사님이 주시는 것을 거절하지 못하고 받게 되었다. 그 후 매해 10만 원씩 올려서 10년째 되는 해 120만 원을 받다가 2020년에 대폭 올려서 200만 원을 받고 있다. 사례비 외에 보너스나 도서비나 그 어떤 명목으로도 추가로 사례를 받는 것은 없으며 그중 십일조와 각종 헌금으로 사례비의 50%를 지출하고 있다.

개척 초기 남선교회나, 여전도회에서 기관 헌신예배를 드리고 나면 사례비를 준다고 했다. 당연히 받지 않았다. 다른 교회에서는 외부 강사가 아니더라도 담임목사님에게도 사례비를 드린다며 받으라는 것이다. 나는 만약 사례비를 준다면 받은 사례비의 배로 헌금하겠다고 했더니 다시는 그런 말을 하는 기관이 없다. 전에도 현재도 앞으로도 교회에서 강의나, 설교했다고 사례를 받은 일은 없을 것이다.

선물거절

개척 초기 다른 교회에서 신앙생활을 하다 이적하여 오신 분 중에서 목사의 생일이나, 명절이 되면 넥타이도 사 오시고, 와이셔츠도 사 오시는 분이 계셨다. 나는 어느 주일 강단에서 광고했다. 나는 현재 시점으로부터, 넥타이, 양복, 와이셔츠, 양말, 평생 입어도 다 입지 못하고 죽을 만큼 많이 있다. 그런 것 선물하지 말아 달라 낭비다. 어려운 이웃에게 하라고 했다. 그 후 18년쯤 지나고 보니 그때 그 옷이 그대로 있다. 그런데 입지를 못한다. 그리고 깨달았다. 옷이 낡고, 헤어져서만 못 입는 것이 아니고 작아져서(내 몸이 불어서) 입지 못하게 된다는 것을…. 그렇다고 후회하지 않는다. 그것이 참 목자다움이라고 생각하기 때문이다.

예수님은 앞서서 가시며 나를 따르라 하셨지, 제자들을 앞세우시고 따라가지 않으셨다. 지도자는 솔선수범해야 한다. 자기가 하기 싫은 것은 남도 싫어한다. 지도자가 앞서 행하면서 나를 따르라 할 때 권위가 있고, 설득력도 있고, 리더로서 인정을 받게 된다고 믿는다.

제 2008 - 16 호

고양시 덕양구

위 촉 장

고양시 덕양구 화전동 416-7
강 대 석

귀하를 고양시 통·반설치 조례 제5조의 규정에
의거 2008년 5월 6일부터 2010년 5월 5일까지
고양시 덕양구 화전동 제10통장으로 위촉합니다.

2008년 5월 6일

고양시 덕양구 화전동장

위 촉 장

소 속 화전동
성 명 강대석

귀하를 「고양시 지역사회보장협의체 구성
및 운영 조례」 제7조 제5항에 따라 화전동
지역사회보장협의체 위원으로 위촉합니다.
(위촉기간 : 2020.3.19.~2022.3.18.)

2020년 3월 25일

고양시 덕양구청장 윤 양 순

섬김의 원리 -
섬김이 행복한 마을을 만들었다

'인자가 온 것은 섬김을 받으려 함이 아니라 도리어 섬기려 하고 자기 목숨을 많은 사람의 대속물로 주려 함이니라'

† 마가복음 10장 45절

감동을 주는 지도자

TV 여행채널 프로그램 중 〈걸어서 세계 속으로〉라는 코너에 소개된 내용이다. 태국의 치앙라이라는 마을은 옛날에는 아편 재배지였다고 한다. 그런데 어떤 왕이 그곳을 커피 재배지로 바꾸었고 방콕에 판로를 개척해줌으로 농가 소득을 늘려주었고, 국적 없는 부족에게는 국적을 부여하여 사람대접받고 살게 해주었다고 한다. 이 왕이 이 지역 사람들에게 어떤 왕으로 기억되는지 주민들에게 인터뷰하는데 인터뷰를 하는 주민들은 눈물을 흘리며 감동하여 중간중간 인터뷰가 중단되면서 감사한 마음에 말을 잇지 못한 모습을 보았다.

또 그 지역의 택시기사들은 가족사진과 함께 왕의 사진도 차 안에 부착하고 다니며 자랑스럽게 여긴다고 했다. 나는 TV를 보면서 우리 대통령은, 교회 목사는 저렇게 감동을 줄 수는 없을까? 생각해 봤다.

섬김의 리더십

현대 사회의 리더십 유형 가운데 가장 주목받고 있는 것은 바로 서번트 리더십이라고 생각한다. 어떤 리더가 서번트 리더십을 갖추기 원한다면, 그는 구성원을 조직의 목적과 목표를 이루기 위한 존재로만 여겨서는 안 된다. 현대인들의 개인주의적 성향이 점점 강화되어 기존의 리더십 가지고는 안 된다. 현대의 리더에게 요구되는 핵심적인 역량은 바로 서번트 리더십이다.

서번트 리더십이란 공공의 선을 위해 설정된 목표를 향해 매진할 수 있도록 사람들에게 영향력을 발휘하는 기술인 동시에 사람들의 신뢰를 형성하는 인격이다. 서번트 리더십은 사랑의 리더십이고 예수님의 리더십이며 가장 영향력 있는 리더십이다. 그런 서번트 리더십의 본질은 사랑이다. 서번트 리더십은 사랑으로, 실천으로 완성된다.

섬기러 오신 예수님

애버리 델레스(Avery Dalles)는 『교회의 모델』(1987)에서 5개의 전통적인 교회의 모델을 제시한다. ① 제도로서의 교회, ② 성도의 교제로서의 교회, ③ 성례전으로서의 교회, ④ 말씀의 사자로서의 교회, 그리고 ⑤ 섬기는 종으로서의 교회가 그것이다.

델레스에 따르면 섬기는 종으로서의 교회모델은 가장 최근에 개발된 모델이다. 그는 이 모델이 개발된 이유로 다음 두 가지를 들고 있다. ① 교회도 전체 인간 가족의 한 부분으로 온 세상에 대한 관심을 세상과 함께 나누어야 하고 세상을 고통에서 구원하는 일에 교회가 앞장서야 한다는 각성이 교회 안에 일어나고 있다는 것이 그 첫 번째 이유요, ②예수님이 세상에 오신 것은 하나님의 나라의 복음 선포와 함께 그 나라를 이 땅에 실현하기 위하여 오신 것이며, 그것을 위해 예수님은 섬기며, 치유하며, 화해시키며, 상처를 싸매시는 봉사의 일을 하실 뿐 아니라 필요와 슬픔에 처한 자들에게 오셔서 그들을 도우며 그들을 살리기 위해서 목숨을 버리신 사랑의 실천자이었음을 깨닫게 된 것이 그 두 번째 이유이다.

그리스도는 무력이나 권위를 갖춘 왕의 모습이 아니었다. 그리스도는 지배자가 아닌 섬기는 자의 모습으로 실제적인 행위를 통해 하나님의 나라의 모형을 보여주시고 복음을 선포하셨다.

섬김이 부족한 한국교회

임석형은 장신대 '교회목회의 실제' 리포트에서 "한국교회가 사회봉사의 영역에서 그 역할을 제대로 수행하지 못하고 있음이 드러나고 있다고 한다. 우선 교회 예산 편성에서 그러한데, 조사에 의하면 한국교회가 순수한 사회봉사비로 책정된 예산은 전체예산의 불과 2.3%에 불과한 것으로 나타나고 있고, 대부분의 예산은 주로 교회 안에서 쓰이고 있으며, 교회 밖에서 쓰이는 것도 주로 선교 등 사회봉사와는 관계없는 영역에서 쓰이고 있다는 것이다. 그리고 한국교회 가운데 교회적으로 사회적 봉사를 실시하는 교회도 23.2%에 불과해 교회의 인적 자원이 교회 밖의 일을 위해서는 사용되지 못하고 있음을 보여주고 있다고 한다. 그래서 일반적으로 개교회는 그 지역 공동체에서 이질적인 집단이 되고 있는 것이 오늘의 현실이다"고 지적한다.

김한호 목사는 총회 주제 '교회 다시 세상 속으로'의 해설에서 "한국교회는 대사회적 섬김과 봉사의 성숙한 모습을 수반하지 못하고, 교회 내적으로만 치우치게 되면서 제도화되었고, 수적 성장에 집착하게 되면서 점차 사회에 대해 무관심해졌으며, 자연스럽게 세상과 단절되었다고 한다. 그 결과 제도적인 교회의 부패와 교회 지도자들의 일탈로 인해 교회는 대사회적 신뢰를 잃게 되었고, 세상으로부터 외면을 당하는 종교로 전락하게 되었다"며 세상을 섬기지 못한 교회의 우를 지적한다.

2020년 기독교윤리실천운동(기윤실)의 통계에 의하면 '한국 교회를 얼마나 신뢰하는가'에 대한 질문에 63.9%가 '신뢰하지 않는다'고 대답을 하였고, 31.8%가 '신뢰한다'고 답변을 하였다. 개신교는 타 종교에 비해 훨씬 더 많은 사회봉사활동(41.3%)을 감당하고 있다. 그러나 오른손이 하는 것을 왼손이 모르게 하라는 말씀에 근거하여 보이지 않게 섬김을 감당해 왔기 때문에 개신교의 섬김이 잘 알려지지 않은 요인도 있다고 본다. 그러므로 교회는 좀 더 적극적으로 섬기는 모습을 보여야 한다고 제안한다.

노영상 교수(전 호신대 총장, 총회 한국교회연구원 원장)는 그의 저서 『재난 시대를 극복하는 한국교회』라는 책에서 '실추된 교회의 이미지를 제고 할 방안으로 목회자와 성도들의 도덕성 및 사회봉사의 실천성과 종교적 포용성과 교회 밖의 사람들과 소통능력의 강화가 필요하며 십자가의 영성을 회복하는 것이 중요하다'고 말한다. 십자가는 위로는 하나님 사랑과 옆으로는 이웃 사랑을 결합한 것으로 십자가에 대한 깊은 묵상으로 십자가의 한 축인 이웃을 예수의 사랑으로 사랑하고 섬길 때 실추된 교회의 이미지를 회복할 수 있다고 주장한다.

또 지난 12월 16일 '예장마을 만들기 네트워크' 세미나에서 "재난의 시대에는 교회가 지역사회의 문제를 살피고 지역주민들과 함께하는 '포용적' 목회, 공동체적 정신을 갖고 서로의 짐을 져 주는 '공동체적 정신을 구현'하는 마을목회를 실천하는 것이 교회의 대사회적 이미지 향상에 효과적"이라고 주장했다.

우리 교회는

교회를 계약하고 교회 수리를 하면서 느낀 것은 동네 사람 그 누구도 교회에 관심을 보인 사람이 없다는 것이었다. 닫혀있던 교회 문을 열고 수리를 하면 어떤 사람이 와서 무엇을 하는지 궁금해서라도 쳐다보고 갈 것 같은데 오히려 외면하고 가는 것이다. 시간이 지나면서 알게 된 사실은 먼저(초대교회) 목사님께서는 오토바이 사고로 돌아가시고, 2대 목사님은 동네를 버리고(교회를 팔고 간 것) 갔다는 생각에 반감이 있었고, 3대 목사님은 그 목사님의 아들(약간 지적장애)이 동네 슈퍼에서 물건을 외상으로 가져가고 돈을 갚지 않거나 돈을 빌려 가고 갚지 않음으로 인해 교회의 이미지가 떨어질 대로 떨어졌다는 것을 알게 되었다.

마치 예루살렘 성전이 무너져 모든 것이 폐허가 된 것처럼 이 교회가 처한 상황은 처참한 상황에 놓여 있었다. 처참하다 못해 다시는 회복되기 어려워 보일 정도로 절망 가운데 빠져 있었다. 이럴 때 나는 최선을 다해 이 동네를 섬기는 것만이 교회를 되살릴 수 있는 길이라고 생각을 했다. 교회의 신뢰 회복을 위하여 섬김을 실천하되 오른손이 하는 것을 왼손도 모르게 조용히 하지 않았다. 물론 개인적인 섬김은 자존심이 상하지 않게 조심스럽게 했지만, 마을 전체를 대상으로 하는 섬김은 적극적으로 알리고 홍보를 했다.

우리 교회는 파트 4장, 제4강에 소개한 내용 외에도 연예인들을 초청하여 간증을 듣고, 신학교 설교학 교수들을 초청하여 설교를 듣고, 변호사, 형사, 교수, 교사들을 초청하여 간증을 듣는 등 교회에 대한 좋은 이미지를 심어주려고 부단히 노력했다.

옥인당에서 빵을 얻어다 마을에 나눠드리고. 참수라에서 만두를 얻어다 드리고, 미림에서 신발을 얻어다 드리고, 동사무소 복지 담당자에게 사정을 말씀드려서 수급자가 되는데 도움도 드리고, 주민 애경사에 빠지지 않고 조문과 축하를 하였다. 이에 마을 주민들은 교회는 우리 편, 목사는 우리를 도와주는 사람으로 인식하게 되었다.

이 과정에서 때로는 무리도 있었고, 무례도 있었다고 생각한다. 그러나 주님의 교회를 세워보겠다는 일념으로 기회가 있는 대로 이런 일들을 했는데 이것이 교회의 이미지가 개선에 크게 도움이 되었고 전도가 되었다고 본다.

또 다른 섬김
목회다이어리에 이런 내용이 메모되어 있다.
2010년 6월 15일 강희용 집사님이 15일 화요일 오후 4시경 집사님 댁에서 옻닭을 먹자고 초청하였다. 옻이 진했던지 온몸이 가려워 16일 약국에서 약을 사 먹었다. 그래도 낫지 않아 17일 피부과에서 주사를 맞고 약을 먹었다. 18일도 주사를 맞았다. 당분간 옻닭을 먹지 않겠다고 마음을 먹었다.

추가된 메모다.
2010년 6월 17일, 행신동 메디스 병원, 현금승인번호:925906681, 수납금액: 2,300원, 5일 치, 두드러기 약(옻닭 먹고), 도내옻닭.

그리고 8일이 지났다. 2010년 6월 25일 교회 근처에서 공장을 하는 영신기업 사장님께서 어디 가서 맛있는 것 먹자며 좋은 곳을 소개하란다. 5명의 멤버들이 같이 가게 되는데 1초의 망설임도 없이 도내 옻닭 집으로 가자고 했다. 그렇게 5명이 함께 도내 옻닭 집으로 가서 식사했다. 죽을 때 죽더라도 교인이 하는 식당에서 팔아주고 싶어서였다.

부연설명을 하자면 10일 전에 옻닭을 먹고 옻이 올라 고생을 하고 옻닭을 먹지 말아야겠다고 마음을 먹었는데 동네 사장님들이 식사하자고 하니 그 회사에 직원들이 많으니까 홍보를 해줄 겸 그 사장님을 모시고 교인이 경영하는 옻닭 집으로 옻닭을 먹으러 갔다는 이야기다.

목사는 이렇게 교회와 교인을 위한 일이라면 물불을 가리지 않고 섬기는 사람이어야 한다고 생각한다.

이렇게 우리 교회가 마을에서 열심히 봉사했더니 개척 3년 만에 마을 노인회장과 총무님 등 마을 어르신 3~4분이 사택에 찾아와서 나에게 통장을 맡아달라고 부탁을 했다. 내심 목회를 위해 필요하다는 생각을 하고 있었던 참이었으나 마음의 준비가 필요하여 즉답하지 않았다. 그러나 세 번씩이나 찾아오셔서 목사님이 못 하시겠으면 사모님이라도 맡아달라는 어르신들의 간곡한 요청을 못 이기는 척 받아들이고 4년 동안 통장으로 마을 주민을 위해 봉사를 했다. 그 후에 화전동 주민자치위원장으로 활동하며 지역사회에서 필요한 욕구들을 파악하고 주민들이 필요한 부분들을 충족시켜주려고 노력하였다.

이런 섬김의 활동들이 주기적으로 진행되고 있으며, 지역주민들의 만족도가 매우 높은 편이다. 그리고 우리 교회의 봉사활동이 지역사회에 알려지게 되어 2009년, 2012년, 2016년 3차례나 고양시장 표창을 받았고, 2020년에는 경기도지사 표창을 받았다.

소통의 원리 –
소통이 되니 행복한 삶이 되었다

'이르되 유대인으로서 이방인과 교제하며 가까이하는 것이 위법인 줄은 너희도 알 거니와 하나님께서 내게 지시하사 아무도 속되다 하거나 깨끗하지 않다 하지 말라 하시기로 부름을 사양하지 아니하고 왔노라 묻노니 무슨 일로 나를 불렀느냐'

† 사도행전 10장 28-29절

유머

나폴레옹이 전쟁터에서 부하들에게 "돌격!"이라고 외쳤는데 부하들은 가만히 있었다. 그 이유는? '돌격이 한국말이라서'

소통의 중요함을 말해주는 유머라고 생각하여 소개한다.

또 여자 말 알아듣기라는 유머도 있다

여자: 당신 나를 사랑해요? (의미: 난 비싼 물건을 사달라고 할 거거든)

여자: 당신 날 얼마나 사랑하죠? (의미: 나 오늘 당신 마음에 들지 않는 짓 했거든)

여자: 잠깐이면 준비 끝날 거예요. (의미: 신발 벗고 들어와서 TV에서 좋은 게임 찾아봐요)

여자: 당신 커뮤니케이션하는 것 배워야 해요. (의미: 내 말 들

어요)

여자: 이 부엌은 너무 불편해요. (의미: 새 집으로 이사 갑시다)

여자: 우리 이야기해야 해요. (의미: 나 불평할 게 있어요)

소통 참 어렵다.

프로이트 씨 소통은 어떻게 하나요?

이남석 님의 저서 중『프로이트 씨 소통은 어떻게 하나요?』라는 책이 있다. 아마도 프로이트는 소통의 달인이었나 보다. 그래서 읽어 보았다. 저자는 프로이트를 변호한다. 저자는 프로이트에 대해 많은 사람들이 오해하는 부분이 있는데 그 이유는 그의 모순된 특성 때문에 그렇다는 것이다. 프로이트는 이성주의자였으면서도 비이성적인 무의식에 대한 이론을 펼친 것, 자연과학자로서 박사 학위까지 받았으며 진화론에 물리학 법칙을 적극 수용했지만 결국 인문학자에 가까운 입장에서 정신분석학을 제창한 것을 들었다.

이런 모순적인 이론으로 그를 비판하는 사람들도 있으나 저자는 프로이트를 두둔하며 프로이트를 비판하는 사람들에게 이렇게 말한다. 당신들은 뉴턴에게 중력의 법칙을 병에 담아 설명해 달라고 요구하지 않지 않는가? 그런데 왜 프로이트에게는 요구하는가? 라며 프로이트의 위대함을 부정하지 못할 두 가지 이유를 말한다. 첫째는 그가 실제로 엄청난 효과가 있는 이론의 지평을 열었다는 것과 두 번째는 정상인도 자신의 생각이나 행동을 새로 직관하게 되었다는 것이다.

그러면서 우리가 일상생활에서 다른 사람과 대화하기 위해 기본적인 단어를 배워야 하듯이 자신을 이해하고, 다른 사람을 이해하고 사회, 역사, 문명을 이해하기 위해서 프로이트를 읽어야 한다는 것이다. 철학, 예술, 사상, 주의, 인간 등 모든 분야의 이론은 프로이트의 이론을 배우고 나서야 바르게 이해할 수 있으며 프로이트는 인간에게 자신과 타인을 이해하는 방법을 제시한 사람이라고 결론 내린다.

그런 의미에서 프로이트는 소통의 달인이라고 이남석은 주장한다.

나는 어느 날 소통이 잘 이루어지지 않는 현장에서 답답한 마음을 이렇게 적어 놓았다.

나는 어이하랴

강대석

산은 나더러 산으로 가자 하네
나는 좋지요 산으로 간다
강은 나에게 강으로 가자하네
나는 좋지요 강으로 간다

나는 산으로 간다
내가 좋아서 가고 산이 좋아하니 간다
나는 강으로 간다

내가 좋아서 가고 강이 좋아하니 간다

산은 나에게 강에는 가지 말라 하네
가면 나를 죽인다 하네
강은 나에게 산에는 가지 말라 하네
가면 자기가 죽는다 하네

나는 산에도 못 가겠네 강이 무서워서
나는 강에도 못 가겠네 산이 무서워서
산이 내게로 와서 강으로 가자 했으면 좋겠다
강이 내게로 와서 산으로 가자 했으면 좋겠다

- 2011. 11. 자기주장밖에 없는 목회 현장에서

기독교는 소통의 종교다

기독교는 하나님과 인간의 소통으로부터 시작된다. 기독교의 계시 교리는 하나님과 인간들의 소통의 시작이었고, 하나님이 하늘 보좌를 버리고 인간의 몸을 입으시고 성육신으로 이 땅에 오신 주님의 성육신 사건이 하나님과 인간과의 소통을 위함이었다. 예수님은 오늘도 우리와 소통을 원하신다. 오라, 들으라, 말하라, 변론하자.

인간은 본질적으로 소통하는 존재다. 영적으로는 하나님과 소통하고, 심리적으로는 이웃과 끊임없이 소통하며 살아간다.

21세기의 화두는 의사소통이라고들 한다. 인간은 자신과의 의사소통에서부터 가족, 친구, 연인, 동료, 조직 등 외부 세계와 끊임없이 소통하고 있다. 인간은 타인과의 건강한 상호작용이 삶의 질 향상에 가장 직접적인 요소이며, 의사소통은 삶의 모든 영역과 관련이 되어 영향을 주고받는다.

의사소통이란 그것을 보내는 자와 받는 자 사이에 이루어지는 의미의 교환이다. 인간에게 의사소통이 중요한 이유는 의사소통을 통해 자기 생각과 감정을 나누고, 자신의 정체성을 표현하며, 관계를 쌓아 가고, 전통을 전달하며, 가르치고 배우는 모든 일이 이루어지기 때문이다.

다음 백과사전은 의사소통을 사람들끼리 상호작용하는 의사 표현, 몸짓, 그림, 기호 등의 수단을 통해 서로의 의사나 감정, 생각을 주고받는 일을 말한다. 라틴어의 '나누다'를 의미하는 'communicare'가 어원이며 우리말로 '의사소통'이라고 표현한다. 원활한 커뮤니케이션을 위해서는 누가(전달자), 무엇을(전달내용), 어떤 방법으로(통로), 누구에게(수신자), 무엇을 기대하고 의사를 전하려는 지의 다섯 가지 요소가 구비되어야 한다.

소통의 방법

조관일은 『소통의 원리』라는 그의 책에서 소통을 부르짖으면서도 소통이 안 되는 이유는 진정성이 없는 소통을 하기 때문이라고 한다. 소통하고 싶다면 진심으로 상대방을 대하라고 한다. 소통하려면 신뢰를 쌓고 자신의 마음을 열라고 한다.

조현경 님은 소통을 잘하기 위해서는 친해져야 하는데 친해진다는 것은 가까워진다는 것입니다. 가까워지려면 딱 한 가지밖에 없는데 남의 말을 잘 듣는 것과 내가 말할 때 남이 잘 이해되게 하는 것이라고 한다.

예수님에게 배우는 소통의 방법은 예수님은 인간과 소통하시기 위해 자신을 개방하셨다는 것이다. 소통을 위해서 적절하게 자신을 개방해야 한다. 자기 개방이란 자신에 대한 정보를 상대방에게 제공하는 것이다. 예수님은 계시를 통해 자신을 다 알려주셨다.

소통을 위해서 상대방과 시선을 공유하며, 물리적인 거리를 줄이고, 상대방에게 가까이 접근해야 한다. 예수님은 하늘 보좌를 버리시고 이 땅에 오셨다. 가까이 오심은 친근감의 표현이며, 먼 거리보다는 가까이 접근하여 대화할 때 의사소통이 더욱더 효과적으로 발전할 수 있다.

주님이 하늘 보좌를 버리고 이 땅에 오심같이 소통은 마을목회에서 중요한 요소라고 생각한다. 그래서 통장이나, 주민자치위원장이나, 섬김이나, 마을에서의 여러 활동이 필요하고 중요하다고 생각한다. 그러나 그런 활동들이 진정성이 있어야 한다. 진정성이 없을 때는 나도 알고, 그들도 안다. 그러면 결코 교회가 얻으려는 목적을 이룰 수가 없고 교회의 수고는 헛수고가 되고 말 것이다.

나와 마을과의 소통

나는 마을 주민들과 소통을 위해 의도적으로 노력했다. 마을에서 통장도 맡고, 주민자치위원장도 맡았다. 축제 추진위원장, 지역사회 보장협의체 위원장도 맡았다.

마을에서 통장을 맡고 보니 경로잔치나 마을 축제 같은 행사에서 노래를 불러야 할 때가 종종 있었다. 처음 그런 상황을 맞닥뜨렸을 때 당황했다. 세상 유행가를 부르자니 아는 노래도 없거니와 목사가 유행가를 부르면 날라리 목사로 보면 어쩌지 하는 생각이 들었다. 그렇다고 찬송가를 부르면 거부감을 주거나 분위기 망친다고 할 것 같은 생각에 잠시 망설이다가 흘러간 옛 노래 중 '갈대의 순정'을 불렀다. 자기들 생각보다 노래를 잘했음인지 박수를 치고 함성을 지르며 좋아했다. 그런데 며칠 후에 아내가 불만 가득한 얼굴로 내 앞에 서더니 잘하고 다니오, 밖에 나가서 유행가나 부르고 다니고, 하며 핀잔을 주고 마음을 불편하게 했다. 아마도 동네에 나갔다가 누군가로부터 내가 유행가를 불렀다는 소리를 들은 모양이다.

그리고 또 얼마의 시간이 지나 노래를 불러야 할 행사가 다가왔다. 나는 이번에는 무슨 노래를 부를지 고민하며 생각에 빠졌는데 문득 개사곡이 생각이 났다. 잘 아는 유행가 곡에 건전한 가사를 붙이면 목사로서 경건성을 잃지 않고 또 분위기를 망친다는 원망도 듣지 않겠고 유행가를 부르는 날라리 목사라고도 하지 않겠다는 생각으로 개사하기 시작했다.

원곡 / 아빠의 청춘
이 세상의 부모 마음, 다 같은 마음, 아들딸이 잘되라고, 행복하라고
마음으로 빌어주는, 박 영감인데, 노랭이라 비웃으며, 욕하지 마라
나에게도 아직까지, 청춘은 있다
원더풀 원더풀, 아빠의 청춘, 부라보 부라보, 아빠의 인생

개사곡 / 희망의 화전
전국에서 제일 가는, 고양시 화전, 화전 주민 잘되기를 행복하기를
우리 모두 힘을 모아, 지혜를 모아, 살기 좋은 우리 화전 만들어가세

우리 화전 내일에는, 희망이 있다,

원더플 원더플 고양시 화전, 부라보, 부라보 우리 화전동

통장 때 부른 이 노래는 이후로 경로잔치에서 나의 애창곡이 되었다.

원곡 / 목포의 눈물

사공의 뱃노래, 가물거리면, 삼학도 파도 깊이, 스며드는데

부두의 새악씨, 아롱 젖은 옷자락, 이별의 눈물이냐

목포의 설움

개사곡 / 화전의 눈물

창릉천 굽이굽이, 흘러서 가고, 망월산 푸른 숲이, 둘러싼 마을

이름은 꽃밭이란, 아름다운 마을인데, 주거환경 열악하니

화전의 설움

군사보호구역, 그린벨트에 묶여 열악한 동네 환경을 벽화축제에 참석한 시장, 국회의원들에게 어필하려고 주민자치 위원장 인사말 대신 불렀는데 이후에 축제 때마다 애창곡이 되었다.

원곡 / 기러기

달 밝은 가을밤에 기러기들이, 찬서리 맞으면서 어디로들 가나요

고단한 날개 쉬어가라고, 갈대들이 손을 저어 기러기를 부르네
갈대들이 손을 저어 기러기를 부르네

개사곡 / 환영가
여섯 번째 맞이하는 벽화축제에, 동네주민 모두 모여 노래하
며 춤추네
민관군 함께 어울린 마당, 화전 주민 힘내라고 내빈들이 오셨네
화전 주민 손 흔들어 환영 인사합니다.

마을 축제 때 주민자치 위원장 인사말 대신 불렀는데 중간에 가
사를 까먹어 실수한 개사곡이다.

기독교는 사회 도피의 종교가 아니다. 즉, 피안의 세계만을 추구
하는 종교가 아니다. 현세는 내세를 준비하는 삶의 현장이다. 도피
하거나 배회하며 사회에서 이방인으로 남을 것이 아니라 적극적으로
사회와 직장에서 빛과 소금이 되어 세상을 감동시키며 변화시켜야
한다고 생각한다.

영향력의 원리 –
한 사람의 헌신이 역사를 만든다

'내가 진실로 진실로 너희에게 이르노니 한 알의 밀이 땅에 떨어져 죽지 아니하면
한 알 그대로 있고 죽으면 많은 열매를 맺느니라'

† 요한복음 12장 24절

영향력의 법칙

『리더십의 21가지 불변의 법칙』의 저자 맥스웰은 리더십의 두 번째 법칙 '영향력의 법칙'에서 리더의 참된 측정은 영향력에서 나온다고 한다. 리더십은 그 이상도 그 이하도 아니다.

'다이애나의 남편은 부와 명예와 특권과 왕족의 직위를 갖고 있었다. 하지만 그녀의 남편을 대신해서 다이애나가 전 세계의 이목을 사로잡았다. 왜 그랬는가? 그녀는 영향력의 법칙을 알았기 때문이다. 다이애나는 결혼 초기에 황태자비에게 기대되는 의무를 수행하는 것을 무척 괴로워했다고 한다. 그러나 그녀는 새로운 역할을 찾아냈는데 다른 사람을 돕겠다는 목표를 선정하여 자선을 위한 모금운동을 벌였다. 그녀는 그 모금운동을 벌이는 동안 정치가, 자선사업가, 각 나라의 정상들을 만나면서 그녀의 영향력은 높아졌고, 그녀의 능력도 높아졌다. 그녀가 죽었을 때 텔레비전과 BBC 라디오 방송으로

방영된 그녀의 장례식 중계는 44개 국어로 통역되었으며 NBC는 이 방송을 지켜본 청중이 2억5천만 명이 될 것으로 추산했다. 그녀가 영향력 있는 사람이었기에 그러한 일이 발생했다고 한다.'

부정적인 영향력

어느 날 아버지는 아들 로버트가 거칠고 무례한 소년들과 함께 어울려 놀고 있는 것을 보았다. 그날 저녁 아버지는 정원에서 빨간 사과 여섯 개를 따다가 쟁반 위에 얹어서 로버트에게 내밀었다. 아버지는 아들에게 그 사과는 아직 익은 것이 아니니까 다 익을 때까지 며칠 그대로 간직해두어야 한다고 설명했다. 그리고는 완전히 썩어버린 사과 하나를 그 여섯 개의 사과와 함께 두었다. 그것을 본 아들이 "썩은 사과가 다른 사과를 모두 썩게 할 거예요"라고 말했지만, 아버지는 "싱싱한 사과가 썩은 사과를 싱싱하게 만들 수도 있지 않겠니?"라고 말했다. 그로부터 8일이 지난 뒤 사과를 꺼내왔는데 과연 모든 사과가 다 썩어있었다. 아들은 아버지에게 자신이 했던 말을 상기시켰다. 그제야 아버지는 아들을 타일렀다. "애야, 나쁜 친구들과 어울리면 너도 결국 나쁜 사람이 될 거라고 몇 번이나 말하지 않았니? 이 좋은 사과 여섯이 한 개의 썩은 사과를 싱싱하게 못 할뿐더러 오히려 모두 썩어버린 것을 보렴 나쁜 친구들과 사귈 때 네가 장차 어떻게 될지 이제는 알겠니?"

성경은

마태복음 13:31-33절 말씀에서 겨자씨와 누룩 비유를 통해 '또 비유를 들어 이르시되 천국은 마치 사람이 자기 밭에 갖다 심은 겨자씨 한 알 같으니 이는 모든 씨보다 작은 것이로되 자란 후에는 풀보다 커서 나무가 되매 공중의 새들이 와서 그 가지에 깃들이느니라 또 비유로 말씀하시되 천국은 마치 여자가 가루 서 말 속에 갖다 넣어 전부 부풀게 한 누룩과 같으니라'고 말씀하신다.

요한복음 12:24절 말씀에서 '한 알의 밀이 땅에 떨어져 죽지 아니하면 한 알 그대로 있고 죽으면 많은 열매를 맺느니라' 말씀하시고

고린도전서 15:22절 말씀에서는 '아담 안에서 모든 사람이 죽은 것 같이 그리스도 안에서 모든 사람이 삶을 얻으리라'는 말씀을 통해 한 사람의 영향력을 말씀하고 있다.

나비효과

기상학자 에드워드 노턴 로렌츠는 1972년 한 강연에서 나비효과라는 용어를 처음으로 썼다. 그의 강연 제목은 '예측 가능성' 브라질에서의 한 나비의 날갯짓이 텍사스에 폭풍을 일으킬 수도 있는가였다. 다시 말해 나비의 날갯짓처럼 아주 사소한 사건 하나가 나중에 태풍처럼 어마어마한 결과를 부를 수 있다는 것이다.

등불

벤저민 프랭클린은 필라델피아 사람들에게 가로등 하나가 얼마나 도움이 되는지 설득하려고 아름다운 등을 하나 샀다. 유리를 잘 닦아 자기 집에서 길가로 길게 연결한 등 받침대를 설치하고 그 위에 등을 올려놓았다. 해가 지고 어둠이 거리를 덮자 그 등에 불을 지폈다. 그러자 동네 사람들이 프랭클린 집 앞에서 길을 비추고 있는 따뜻한 등불을 보았다. 그 집에서 좀 멀리 사는 사람들도 그 불빛에 호감을 갖게 되었다. 그 집 앞을 지나다니는 사람들은 길바닥에 솟아오른 돌멩이들에 걸려 넘어지지 않고 피해갈 수 있다는 것을 알게 되었다. 머지않아 다른 사람들도 등을 자기 집 앞에 내놓기 시작했고 결국 필라델피아는 길거리를 가로등으로 환하게 만든 미국의 첫 번째 도시가 되었다.

모든 그리스도인들은 다 이 땅에서 그리스도를 대신하고 있다. 그들은 구세주에 대한 역할의 모델로 세상에 그리스도가 어떠한 분인가를 보여주고 있다. 이는 참으로 엄중한 책임이다.

김장을 담그며

강대석

단단한 무는 채칼에 부서지고,
빳빳한 배추 잎은 소금에 숨이 진다

양념, 젓갈 어우러져 한 포기 김치 되어
겨우내 사람들의 생명을 지켜간다

부서지지 않고서야 양념이 될 수 없고
죽지 않고서야 김치가 될 수 없다

색깔이 섞인다
빨간 고춧가루, 하얀 소금, 파란 채소

맛이 섞인다
짠맛, 매운맛, 맹물, 사랑이 담긴 손맛까지

어느 한족이 조금만 더해도
짜서 못 먹는다
매워서도 못 먹는다
싱거워서 못 먹고
딱딱해서 먹을 수가 없다

모두가 어우러져 맛있는 김치가 된다
어울림 참 아름다운 말이다
나는 어울림에 걸림돌인가? 디딤돌인가?
김장을 담그며 어울림을 생각한다

- 2012. 11. 8.

2012년 김장을 담그면서 배추와 무와 양념 재료들이 서로 어우러지고 서로 영향을 끼쳐 맛있는 김치가 되는 것을 보면서 적어본 글이다.

우리는 세상의 빛으로, 또 세상의 소금으로 선한 영향력을 미쳐야 한다고 성경은 말씀하신다.

우리 교회는

우리 교회가 마을에서 처음으로 한 일은 마을청소였다. 대형 부대 앞이라 면회객들이 버리고 간 쓰레기가 많았고, 마을 한복판에 있는 벽돌공장을 드나드는 덤프트럭에서 쏟아져 내린 모래가 길에 쌓였다가 차가 지나가면 먼지가 나서 통행이 불편하고 도로변의 집들도 문을 열어놓지를 못하고, 빨래를 말리기도 어려웠다. 그래서 교회서 마을청소를 하기 시작했는데 얼마 있다가 벽돌공장과 진성기업에서 물차를 동원해 물을 뿌리기도 하고, 청소차를 동원하여 길을 청소하기도 하였다.

아울러 주민들도 분리배출과 쓰레기를 봉투에 담아 버리는 분들이 늘어나면서 점차 마을은 깨끗해지고 있다. 외국인들이 함부로 버리는 쓰레기도 만만치 않았는데 많이 나아지고 있다.

또 예수님을 믿는다는 것이 어려울 것처럼 보였던 박○례 집사나 이○자 집사도 교회에 출석하게 되었고 집사가 되어 믿음의 삶을 살아가고 있으니 나와 우리 교회가 마을에 미친 영향력이라고 생각한다.

우리 교회는 2016년 단층 교회를 헐고 그 자리에 3층으로 교회를 건축했다. 교회 건축을 하는 동안 1년 정도 다른 곳으로 옮겨서 예배를 드려야 했는데 마을의 어르신들이 당연한 것처럼 마을회관을 사용하도록 허락해 주셨다. 그런데 교회와 담을 경계하여 전기판넬공사 사무실 겸 창고로 사용하던 광일전기 김상수 사장님께서 회사 사무실을 사용하도록 배려해 주어 약간 떨어진 마을회관까지 갈 필요도 없이 바로 옆 사무실에 성물과 살림살이를 옮기고 예배를 드리며 교회를 건축할 수 있었다.

건축하면서 다시 한 번 우리 교회가 마을에서 사랑을 받고 있다는 것을 확인하며 감사를 드렸다. 외부에서 들리는 이야기마다 교회를 건축하면서 온갖 민원과 주민들의 반대로 고생을 한다는데 우리 교회는 온 마을 사람들이 축하를 해주었다. 민원은 말할 것도 없고 싫은 소리 한마디 하는 사람이 없었다. 거의 모든 주민이 피로회복제를 사오시고, 아이스크림을 사 오시고, 자신들의 집을 짓는 것처럼 좋아하고 행복해하셨다. 비가 오면 걱정해주고, 날씨가 추워지면 걱정해주고, 그렇게 행복하게 건축을 마치고 입당을 하게 되었다. 안 믿는 분들은 언제 입주하냐며 입당하기를 기다리시다. 입당하는 주일은 온 동네 사람들이 다 와서 축하해 주셨다.

나 스스로 이런 일은 한국 교회사에 남을 일이 아닐까 생각해 본다. 모든 것이 하나님의 은혜라고 생각한다.

2008년 10월 19일 내가 목회를 시작한 지 5년째 되던 해에 고향에 계신 아버지가 돌아가셨다. 조용히 고향에 내려와 장례를 마치고 교회로 돌아왔다. 그런데 어떻게 알았는지 동네 어르신들이 다 찾아와 조문해 주셨다. 개척교회 5년째 교회가 사람도 없고, 물질도 부족할 때 특별히 마을에서 한 것도 없는 때인데도 동네 어르신들에게 과분한 사랑을 받은 것이 분명하다.

또 2016년 12월 31일 내가 정신을 잃고 쓰러져 3일 만에 깨어난 적이 있었다. 15일 동안 병원에 입원했을 때에도 병문안을 와주신 분들이 많았는데 마을 어르신들이 다 찾아와 주셨다. 명지병원 간호사가 저분이 어떤 분인데 면회를 오는 사람이 저리도 많냐고 했다고 한다. 내 생각에 이분은 오실만한 분이 아닌데 라고 생각되는 분조차 문안을 해주셨다. 왜 그랬을까? 생각해 보면 그래도 그분들이 교회를 통해서 행복한 경험을 했기 때문이라고 생각한다.

'너희 빛을 사람들 앞에 비추어 저들이 너희 선한 행실을 보고 하늘에 계신 아버지께 영광을 돌리게 하라'(마태 5:16)

동반성장의 원리 –
교회와 마을이 함께 성장한다

'우리가 알거니와 하나님을 사랑하는 자 곧 그의 뜻대로 부르심을 입은 자들에게
는 모든 것이 합력하여 선을 이루느니라'

† 로마서 8장 28절

교회 성장의 근거

사람은 누구나 성공과 성장을 꿈꾼다. 목사도 마찬가지다. 그리고
성공한 목사의 외적 기준은 주로 교회의 사이즈로 평가되는 것이 일
반적이다. 그래서 다는 아닐지라도 대부분 목사들은 목회 활동을 통
해 교회의 외적 성장을 이루기를 바란다.

성경에서도 성장의 근거를 찾아볼 수 있다. 먼저 구약 성경 창
1:28절 말씀이다. 하나님께서 첫 사람 아담과 하와에게 복을 주시며
말씀하시기를 '생육하고 번성하여 땅에 충만하라'(창 1:28)고 하셨다.
이 말씀은 창9:1절 말씀에서 홍수 이후 노아와 그 자손에게도 말씀
하셨고, 창15:5과 창28:14절 말씀에서 아브라함에게 '하늘을 우러
러 뭇 별들을 셀 수 있나 보라 네 자손이 이와 같으리라' 하셨고, '네
자손이 땅의 티끌같이 되어서 동서남북에 편만할지라'고 하셨다.

또 신약성경 마28:19-20절 말씀에 '그러므로 너희는 가서 모든 민족을 제자로 삼아 아버지와 아들과 성령의 이름으로 세례를 베풀고 내가 너희에게 분부한 모든 것을 가르쳐 지키게 하라 볼지어다 내가 세상 끝날까지 너희와 항상 함께 있으리라 하시니라'는 말씀은 성장에 대한 성경적 근거로 볼 수 있다.

교회 성장의 당위성

또 교회 성장의 당위성을 주장하는 학자도 있다. 맥가브란은 교회 성장의 당위성에 대해 두 가지 이유를 제시한다. 첫째로는 교회 성장은 하나님의 뜻이며 하나님의 기뻐하시는 것이다. 자라나는 겨자씨 비유에서 주님께서는 교회가 처음에는 미약하나 나중에는 크게 창성하게 될 것을 말씀하셨다. 영적인 생명을 가진 교회는 성장해야만 한다. 이것은 당연한 귀결이라고 주장한다.

둘째로 교회 성장은 인류학적으로 또 사회학적으로 당위성을 지닌다. 인구는 기하급수적으로 증가해 나가고 있으니 교회의 성도 수가 상당히 증가해야만 하는 것이다. 교회는 그리스도의 몸이다. 그리스도가 교회의 머리로서 교회를 세우시며 교회를 보양하시며, 인도하신다. 교회 성장은 이 사상에 기초를 둔 확신을 가져야 한다. 고한다.

그렇다. 교회는 질적으로 양적으로 성장해야 한다. 나도 우리 교회의 성장을 위해 부단히 노력했다. 그런데 오늘의 우리 교회가 이만큼이라도 성장할 수 있었던 것은 우리들만의 힘으로 된 것은 아니다. 주변의 여러 돕는 자들의 손길을 통해 성장할 수 있었다.

성경은

'주라 그리하면 너희에게 줄 것이니 곧 후히 되어 누르고 흔들어 넘치도록 하여 너희에게 안겨 주리라'(누가복음 6장 38절)고 하시고 '심는 대로 거둔다'고도 하신다.

'너를 축복하는 자에게는 내가 복을 내리고 너를 저주하는 자에게는 내가 저주하리니 땅의 모든 족속이 너로 말미암아 복을 얻을 것'이라 하셨다(창세기 12장 3절)

예수님은 제자들과 함께

예수님은 사역 초기부터 12 제자들을 부르시고 사역에 동참하게 하셨다. 부름 받은 12 제자들이 가난하고 무식한 범인들이었고 비록 주님이 원하시는 수준에 미치지는 못했어도 주님은 그들과 함께 하나님의 나라를 확장해 갔다. 제자들은 주님에게 큰 힘이 되었고 주님이 승천하신 후에는 그들이 주님의 일을 감당했다.

초기 교회는 제자들에 의해 왕성하게 성장해갔고 그 제자들은 7명의 집사를 세워 그들과 동역하며 주님의 사명을 감당했다.

바울은 동역자들과 함께

바울은 동역자들과 함께 주님의 사명을 감당했다. 바울에게는 많은 동역자들이 있었다. 바나바와 디모데, 마가, 실라 등이 대표적인 바울의 동역자들이다.

로마서 16장은 바울의 사역을 도왔던 동역자들에 대한 감사 인사로 가득 채워져 있다. 특히 아굴라 브리스길라 부부는 바울을 위해 목숨까지도 아끼지 않고 내놓은 동역자로 소개한다. 그렇게 바울은 동역자들과 함께 사역을 감당하며 교회를 부흥시켰다.

나의 동역자들

보험회사 간부까지 하시다 그만두고 신학을 하신 이종찬 전도사님은(2004.2.22.~2006.4.16.) 신대원 목연과 96기 동기이며 '열두광주리' 멤버다. 신대원을 졸업했으나 딱히 사역지를 구하지 못하고 있을 때 사역지가 나올 때까지 우리 교회에서 사역하기로 하고 오셨다. 중. 고등부를 맡아 사역하셨으며 개척 초기 큰 힘이 되었다. 당시 아들 부부와 함께 수원에 사셨는데 먼 거리에서 교회와 집을 오가시면서 동역을 하셨다.

민예기 전도사님은(2006.1.15.~2009.6.1.) 아는 지인으로부터 소개를 받아 같이 사역을 하게 되었는데 교회에서는 중·고등부와 청년부를 지도했다. 남편이 국내 굴지의 건설회사 간부로 외국에서 근무 중일 때 우리 교회에 오시게 되었는데 교회에서는 교통비밖에 드리지 못했는데 전도사님은 우리 교회에 남편 월급에 대한 십일조와 감사 헌금을 함으로 재정이 어려운 개척 초기에 큰 도움이 되었다. 후에 사역을 내려놓으시고 두 아들의 신앙과 장래를 위해 전에 가족이 출석했던 교회로 가시게 되었다.

큰 사위 박성락 전도사(2006.2.19.~2010.12.31.) 당시 안양대 신학과에 다니던 딸의 동기다. 딸을 통해 우리 교회로 오게 되었는데 아동부, 중고등부와 찬양대 지휘를 맡아 동역하였다. 후에 장신대 신대원을 졸업하고 영암교회, 인도선교, 신일교회, 동안교회에서 사역하던 중 딸과 결혼하여 사위가 되었다. 미국으로 유학을 가려고 동안교회에서 사임을 했는데 코로나 팬데믹으로 미국은 가지 않고 동영상으로 강의를 듣고 논문과정에 있다. 2022년 1월 1일부터는 연신교회(이순창 목사 시무) 부목사로 사역을 하고 있다.

이승남 전도사님은(2011.1.1.–2012.7.1) 서울시 아동부연합회 회장을 지내신 용산교회 손정환 장로님이 소개해주셨다. 세 딸을 둔 가장이고 아내는 종로구 세무공무원이었다. 전도사님은 동아건설 직원으로 근무하다 퇴직을 하고 신학을 하였는데 서울장신 재학 중에 우리 교회에서 중·고등부를 맡아 사역하시다 마포에 교회를 개척하여 가시게 되었다. 교회개척 때도, 그 후에도 우리 교회 형편에만 집중하느라 힘이 되어드리지 못한 미안한 마음에 면목이 없다.

최익현 목사님은 서울장신 44기 동기이며 섬김회 멤버다. 기민사라는 기독교 출판사를 경영하던 전문 출판인이다. 목사안수 후에 화성 봉담에 열린교회를 개척하여 가기까지 1년여 기간 우리 교회에서 주일 오후에 성경을 가르쳤다.

안승남 목사님은(2015.1.1.~2017.5.30.) 서울장신 44기 동기이자 섬김회 멤버다. 목사님은 일암교회와 거룩한 빛 광성교회에서 사역하셨다. 거룩한 빛 광성교회 제직당시 '고양 천사운동'을 전담하여 사역하였으며 천사운동을 할 때 우리 마을의 어려운 사람들에게 연탄을 지원하는 데 큰 도움을 주었다. 2016년 연말 내가 쓰러져 병원에 있는 동안 강단을 지켜주셨다. 하나님께서 이때를 위해 보내 주셨는지 내가 퇴원한 후에 다른 사역을 위해 떠나셨다.

정영숙 전도사님은(2015.8.2.~2017.8.2.) 우리 교회 정백곤 집사님의 누님으로 정 집사님이 소개하여 같이 사역을 하게 되었다. 중·고등부와 새 신자 교육을 맡아 사역하였으며, 개인적인 사정으로 사임하시고 시댁이 있는 시골로 내려가시게 되었다.

하나님께서는 이렇게 훌륭한 사역자들을 만나게 해주셨다. 그래서 나는 하나님의 사랑에 감사한다. 작은 개척교회에서 함께 했던 모든 분이 헌신적으로 섬겨주신 덕분에 오늘의 우리 교회가 있음을 감사드린다.

이웃교회와 함께

우리 교회가 설립예배를 드리고 처음 출발을 했을 때 여유 자금은 하나도 없었고 오히려 은행 빚을 안고 출발을 했다. 교인도 없고 재정도 없이 시작했는데 이웃교회들의 도움이 컸다. 지면을 통해 감사를 드린다.

거룩한 빛 광성교회(정성진 목사), 광암교회(이상섭 목사), 구로은성교회(방석기 목사), 구산교회(홍승범 목사), 김천제일교회 안수집사회, 동일교회(송성학 목사), 모래내교회(최양춘 목사), 보이지 않는 아름다운교회(윤종호 장로), 봉일천교회(김용관 목사), 사랑누리(김정태 목사), 삼송교회(장민수 목사), 서부중앙교회(유무수 목사), 성민교회(한홍신 목사), 수색교회(김권수 목사), 수색교회 5여전도회, 수색교회 여전도회연합회, 승리교회(진희근 목사), 승리교회 12여전도회, 염산교회(김종익 목사), 염산교회 남선교회, 영세교회 6여전도회, 오직주님교회(이재욱 목사), 을지로교회 2남선교회, 일산명성교회(문성욱 목사), 일신교회(김철규 목사), 중곡영광교회(최동출 목사), 증가중앙교회(김광선 목사), 해방교회(이승하 목사), 홍익교회(손철구 목사) 외 여러 교회들에게 감사드린다.

지인들과 함께

강무영(산정현교회), 강신형(정신교회), 강형석(신성교회), 강희용(은혜농원), 공이석(찬양상사), 권경옥(옥인당), 기호만(수색교회), 김

두응(신촌교회), 김삼문(영진설비), 김성남(칼라트), 김영훈(영락교회), 김완진(예은목공), 김운용(장신대), 김원흥(바이네르), 민예기(전도사), 민홍(백양세탁소), 박동배(극동유리), 박성락(전도사), 박주우(영신기업), 소유현(덕은구판장), 손정환(용산교회), 승대문(동서울신발), 신성덕(수색교회), 안승남(고양천사운동), 유준식(체리쉬), 윤일식(참수라), 윤현석(노루표페인트), 이석봉(이웃교회), 이승철(을지로교회), 이윤순(미림신발), 이일묵(주현교회), 이재문(덕양중앙교회), 이재선(방산비니루), 이정박(사마리아영상전도단), 이종찬(전도사), 이창성(성창박스), 이천덕(송포교회), 이평호(오류동교회), 이홍근(성동한의원), 임진만(연동교회), 정안식(한국전기), 장태원(명지대교목), 조승래(경민대학교), 조영준(염산교회), 조은자(수색교회), 주승중(장신대), 주용부(칼명장), 최기서(열린문교회), 최내화(충신교회), 최종국(수색교회), 최태영(응암교회), 추태화(안양대학교), 한상길(겨자씨선교회), 한인철(수색교회), 홍진구(연지상사), 황동석(봉화교회), 황정옥(동막교회) 외 여러 성도들에게 감사를 드린다.

동반성장위원회와 함께

우리 노회는 교회개척 3년이 지난 후부터 노회에서 지원해준다. 개척 초기가 가장 힘들고 어려울 때인데 그렇게 하지 않는 이유가 있으리라 생각한다. 규칙에 따라 우리 교회도 개척 후 3년 후부터 3년간 지원을 받다가 자립을 선언하고 지원을 받지 않기로 했다. 나중에 총회교회자립위원회에서 노회마다 자립교회를 조사하여 사례발표를 하는데 우리 교회가 모범자립교회로 선정되어 사례발표를 하였다. 자립교회의 사례들을 모아 『반석 위에 세운 교회』라는 제목으로 책을 출판했는데 그 책의 부록에 전국의 자립교회 현황을 노회별로 정리해놓은 자료가 있다. 2007년부터 2012년까지 내가 속한 서울서북노회에서는 우리 교회가 유일하게 자립하는 교회로 소개된 것을 보고 감사하면서도 안타까운 마음이 들었다.

우리 교회는

우리 교회는 총회나 노회 안에서 모범적인 자립교회로 알려져 있다. 우리 교회가 자립을 선언할 때 재정이 넉넉해서 한 것이 아니다. 노회 안에서 우리 교회 사정을 잘 아는 주영교회 강승춘 목사님은 나에게 "의지적인 자립을 한 것이지요?"라고 했다. 교회의 형편으로는 지원을 더 받아야 했지만 스스로 일어서겠다는 의지적 결단으로 자립을 선언했다는 말이다. 그렇다. 교회 형편이 어려운 중에도 의지적으로 자립을 선언한 것이다.

'주라 그리하면 너희에게 줄 것이니 곧 후히 되어 누르고 흔들어 넘치도록 하여 너희에게 안겨 주리라'(누가복음 6장 38절)는 말씀과 '주는 자가 복되다'는 주님의 말씀이 자립을 선언하고 주는 교회가 되게 하신 것이다.

동역했던 사업장들과의 이별

여기에 적용이 될 만한지는 모르겠지만 '질량 불변의 법칙' 아니면 '총량 불변의 법칙'이라는 말들이 있다. 어느 선한 기업인이나 성도가 자신의 것을 나누어 준다고 할 때 나름대로 할 수 있는 한계가 있을 것이다. 그분들이 나도 주고 다른 교회도 줄 수 있으면 얼마나 좋겠는가. 그러나 현실은 그렇지 못하다. 내가 가져오면 다른 교회는 받지 못하게 된다.

어느 날 문득 우리 교회보다 더 도움이 필요한 교회들에게 가야할 몫을 내가 독점하는 것이 아닌가 하는 생각이 들었다. 그 순간 우리가 좀 천천히 가더라도 내 몫을 나누어야 하겠다는 생각이 들었다. 우리 교회가 형편이 되어 도움이 필요한 교회를 도와주면 좋겠지만 그렇지 못하다면 내가 받을 몫이라도 다른 사람에게 돌아가게 하고 싶었던 것이다. 그래서 교회 자립 선언과 함께 그간 도움을 주던 기업들에게도 "이제 우리 교회는 우리 힘으로 힘껏 일어서 보겠습니다. 그동안 도와주신 것 감사드리며 도움 주신 것 보람이 되도록 열심히 사역을 감당해서 기쁜 소식을 전하겠습니다. 이제는 다른 교회들을 도와주십시오"라고 했다. 그것을 주님이 기쁘게 보셨는지 우리 교회를 복되게 하셨다고 믿는다.

교회성장기에 있었던 감동적인 이야기 1

2007년 3월 18일, 임남효 권사님이 처음 우리 교회 나올 때 있었던 일이다. 나는 권사님이 딸 현아와 함께 살고 있다는 것을 알고 현아도 교회 가자고 권해서 교회에 데리고 나와 신앙생활을 하게 하라고 했다. 권사님은 딸에게 말을 해보겠다고 했고 그 후 2~3주가 지나서 임 권사님은 현아가 드럼을 칠 줄 아는데 드럼이 있으면 교회 와서 연주할 수 있다고 말했다고 했다. 나는 알았다고 당장 드럼을 구입할 테니 데리고 오라고 했다. 그 이야기가 끝나자마자 아내의 전화벨이 울렸다. 거룩한 빛광성교회에 출석하는 막내처남 신성복 집사였다. 처남이 봉사하는 소년부에서 드럼을 새것으로 구입을 하는데 지금 사용하던 것도 버리기에 아깝고 쓸만하니 가져가려면 가져가라는 전화였다. 바로 가서 실어왔다. 그러나 현아는 오지 않았다.

교회성장기에 있었던 감동적인 이야기 2

2011년 2월 25일 전도용 빵을 후원해주던 옥인당, 권경옥 권사님이 계셨다. 여느 때 같으면 내가 가서 차 한 잔을 나누고, 사업장을 위해서 축복기도를 하고, 빵을 실어왔다. 바쁜 일이 있어 내가 가지 못하면 택배로 보내주셨다. 그 주간 헌금 계수를 마친 재정부장 조흥제 집사님과 회계 강희용 집사님이 재정이 20,455원이 남았다고 걱정을 했다. 나도 같이 걱정됐다.

그렇게 주일을 보내고 월요일이 되었다. 월요일 오전에 옥인당, 권경옥 권사님으로부터 전화가 왔다. 교회로 찾아오시겠다는 것이었다. 다른 약속이 없었기에 오시라고 하여 권사님을 만났다. 만나서 권사님이 하신 말씀은 월요일 새벽 기도를 하는데 기도 중에 하나님께서 "너 빵만 주지 말고 헌금도 하라"는 음성을 들려주셨단다. 그래서 빵 4박스와 딸기 한 바구니와 현금 50만 원과 아내가 입을 코트를 선물로 가지고 오셨다. 온몸에 소름이 돋았다.

'지난주일 교회 재정을 맡은 집사님들이 걱정하시더니 하나님이 들으시고 권사님을 보내주신 것일까?'
2011년 2월 25일 자의 메모다.

코로나 시기에 있었던 감동적인 이야기

2020년 9월 27일, 코로나로 비대면 예배를 드리는 영향 때문인지 오늘 주일 헌금 계수 결과 재정이 50만 원이 마이너스가 됐다. 그리고 그 주간 친구 신성덕 장로를 만나 커피를 마시면서 일상적인 이야기를 허물없이 나누는 사이였기에 이런저런 이야기 끝에 근근이 현상유지를 해오던 재정이 이번 주일에 마이너스가 됐다고 이야기를 하자 장로님은 두 번째 퇴직으로 퇴직금을 조금 받았는데 출석하는 교회에 십일조 하는 게 당연하다고 생각을 하면서도 자꾸 우리 교회가 생각나더라는 것이다. 그래서 2~3주 미루고 있던 차에 오늘 우리 교회 이야기를 들었다며 하나님의 뜻으로 알고 하겠다며 우리 교회에 십일조를 해주셨다.

나의 목회 여정에 크고 작은 간증 거리가 많다. 소름 끼치고 전율을 느낄만한 일들을 많이 경험했다. 하나님은 이런 하나님이시다. 그래서 하나님은 살아계시고, 하나님은 나만 사랑하신다고 고백하며 사역을 감당하고 있다. 이런저런 감동적인 이야기들이 많이 있었는데 다 생각이 나지 않아 아쉽다.

내가 파트 3장 마무리 글에서 '연합회 활동 인맥자산이 마을목회로 이어지다'라 제목을 붙인 이유가 여기에 있다. 그동안 나는 목회를 하면서 인연을 맺은 사람들에게 많은 사랑을 받았다. 위에 나열한 교회와 성도들은 수년간 지속적으로 후원해주신 분들을 중심으로 적었을 뿐 이름을 적지 못한 분들도 많이 계신다.

결론은, 교회 성장은 함께 협력해서 사역할 때 가능하다는 것이다. 지금 오늘 만나는 사람이 중요하다.

여러분은!

우리교단 총회가 선정한 〈자립모범교회〉와
제10회 기독교윤리실천운동이 선정한
〈지역사회와 함께하는 교회 상〉을 수상한
"자랑스러운 우리교회의 주역들입니다."

영혼 사랑의 원리 –
한 영혼은 천하보다 귀하다

'하나님은 모든 사람이 구원을 받으며 진리를 아는 데에 이르기를 원하시느니라'

† 디모데전서 2장 4절

교회의 4대 기능과 3대 표지

일반적으로 교회의 4대 기능을 예배, 전도, 친교, 봉사라 하며 교회의 3대 표지를 말씀 선포, 성례전. 권징이라 한다. 또 어떤 교회는 가르침(교육)을 교회의 기능에 포함하기도 한다. 원리적으로 교회의 4대 기능과 3대 표지는 모두가 교인들(교회 안)에게 해당되는 것이지만 전도만은 조금 다르게 교회 밖(세상)에 관심을 더 많이 두는 기능이라고 할 수 있다.

마을목회를 말하면서 먼저 6가지 원리에 대해 말했는데 먼저 말한 5가지 원리는 이번 주제인 '영혼 사랑의 원리'에 도달하기 위한 하나의 과정이요 수단이라고 할 정도로 중요한 주제이다.

성경은

성경은 부단히 영혼구원에 대해 말씀하신다. 성경을 검색해 보니 구원이라는 단어가 541회나 언급된다.

'하나님이 그 아들을 세상에 보내신 것은 세상을 심판하려 하심이 아니요, 그로 말미암아 세상이 구원을 받게 하려 하심이라'(요한복음 3장 17절) 하신다.

예수님

'그러므로 너희는 가서 모든 민족을 제자로 삼아 아버지와 아들과 성령의 이름으로 세례를 베풀고 내가 너희에게 분부한 모든 것을 가르쳐 지키게 하라 볼지어다 내가 세상 끝날까지 너희와 항상 함께 있으리라 하시니라'(마태복음 18장 19-20절)

바울은

'하나님의 지혜에 있어서는 이 세상이 자기 지혜로 하나님을 알지 못하므로 하나님께서 전도의 미련한 것으로 믿는 자들을 구원하시기를 기뻐하셨도다'(고린도전서 1장 21절)

'하나님이 우리를 세우심은 노하심에 이르게 하심이 아니요 오직 우리 주 예수 그리스도로 말미암아 구원을 받게 하심이라'(데살로니가전서 5장 9절)고 말씀한다.

영국 상사 이야기

이집트에 주둔한 적이 있었던 한 영국인 상사가 자신에 관한 이런 이야기를 들려준 적이 있었다. "제가 있던 부대에 예수를 믿는 민간인이 하나 있었는데, 우리가 그 사람을 아주 못살게 굴었습니다. 비가 몹시 내리던 어느 날 밤 그는 지쳐서 들어와서는 잠자리에 들기 전 기도를 하려고 무릎을 꿇었습니다. 나는 진흙이 잔뜩 묻은 내 장화를 그 사람의 머리 위에 올려놓았지만, 그는 기도를 계속했습니다. 다음날 아침에 일어나 보니, 그 장화가 깨끗이 닦여져서 내 침대 옆에 놓여 있었습니다. 그것이 나에 대한 그의 답이었고, 그 대답이 내 마음을 녹였습니다. 나는 그날 구원받았습니다."

그리스도의 사랑

영국의 선교사인 허드슨 테일러가 중국의 전도 책임자로 있을 때 그는 가끔 전도를 희망하는 후보자를 면접하였다. 한번은 봉사하기로 결심한 한 사람을 만나 '왜 당신은 해외 선교사로 가기를 원합니까?'하고 물었다. 선교사 후보자는 대답하기를 "나는 예수 그리스도께서 우리에게 전 세계에 나가서 복음을 전하라고 명령하셨기 때문에 가기를 원합니다"라고 대답하였다.

또 다른 한 명은 수백만의 사람들이 그리스도 밖에서 타락하고 있기 때문에 선교사로 나가기를 원한다고 대답하였다. 그때 허드슨 테일러는 말하기를 "그 모든 동기들은 좋지만, 시험과 시련 그리고 고생, 심지어 죽음의 순간을 당할 때, 그것은 당신을 구하지 못합니다. 단지 한 가지 동기가 당신을 어려운 시험과 시련에서 견디게 해 줄 것입니다. 그것은 그리스도의 사랑입니다"라고 대답했다고 한다.

아프리카에 있는 선교사가 한번은 이런 질문을 받았다고 한다. "당신은 당신이 하고 있는 일을 진실로 좋아해서 하십니까?" 그의 대답은 충격적이었다. "아닙니다. 나와 제 처는 먼지와 이 고생을 좋아하지 않습니다. 우리는 초라하고 냄새가 나는 이런 오두막집에서 사는 것을 좋아하지 않습니다. 그러나 우리가 좋아하지 않는다고 그리스도를 위하여 아무것도 하지 않으면 되겠습니까? 우리는 가라는 명령을 받았고, 그리스도의 사랑이 우리를 강권하시기 때문입니다" 라고 대답했다고 한다. 오직 그리스도의 사랑만이 진정한 봉사를 하게 할 것이다.

배훈 님의 「인생을 다시 한 번」이라는 글에 나온 이야기입니다.

전해야만 하는 이유

독일의 설교가요 신학자인 본 훼퍼는 히틀러의 독재 정권을 붕괴시키기 위해 일생을 투쟁했던 사람이다. 그는 용감하게 설교했다. "어느 미친 운전사가 차를 몰고 있습니다. 당신이 만약 그 현장에 있다면 그리스도인으로서 당신은 그 차 때문에 다친 사람들을 쫓아다니며 치료만 해 주고 기도만 해 주겠습니까? 아니면 미친 운전사를 끌어내리겠습니까?" 히틀러를 끌어내려야 한다는 설교다. 본 훼퍼는 결국 사형당하고 말았다. 그런데 그가 죽음 직전 환상 중에 본 이야기가 전해 오고 있다. 하나님이 재판장이 되시고 히틀러가 심판대에 서 있었다고 한다. "너 히틀러는 그동안 많은 사람을 괴롭히고 무고한 피를 많이 흘리게 했으니 지옥으로 가서 고통을 받아야 한다." 이

때 히틀러가 부르짖었다. "하나님, 저는 죽어서 이러한 세계가 있는 줄을 알지 못했습니다. 만일 알았더라면 저는 그러한 죄를 범하지 않았을 것입니다. 그런데 누구 하나 저에게 이런 것을 알려 주지 않았습니다." 그 순간 본 훼퍼는 가슴을 치며 회개했다고 한다. "주님, 저는 그를 끌어내리려고만 했지 그 영혼을 불쌍히 여겨 전도할 생각은 미처 못했습니다."『구원의 샘』, 신재국

영혼구원을 위한 전도, 사랑 중의 사랑이오, 사명 중의 사명이다.

화전벌말교회 전도 이야기

마을목회도, 섬김도, 봉사도 다 영혼구원을 위함이다. 모든 목회 활동은 영혼구원을 위한 것이다. 그러므로 마을을 행복하게 하는 교회는 전도하는 교회이다. 나는 그동안 다양한 주제를 가지고 강의를 했다. 그러나 책으로 출간된 것은 없다. 유일하게 한 권이 있는데 전도에 관한 책이다. 그동안 교인들에게 강의했던 전도교육 자료를 모아 『화전벌말교회 전도이야기』라는 책으로 출간했다. 그만큼 전도를 중요하게 생각했던 것이다.

나의 졸저 『화전벌말교회 전도이야기』는 불신자들에게 또 초보 신자들에게 논리적으로, 이성적으로 믿어야 할 이유를 설명한 내용으로 전도훈련과 현장전도에 많은 도움이 되리라 확신한다.

고향 영파교회에서 마을목회의 꿈이 자라났다

'이는 네 속에 거짓이 없는 믿음이 있음을 생각함이라 이 믿음은 먼저 네 외조모 로이스와 네 어머니 유니게 속에 있더니 네 속에도 있는 줄을 확신하노라'

† 디모데후서 1장 5절

　　고향 영파리로 돌아온 아버지는 많이 변하셨다. 당시 고향 마을에는 교회가 없었고, 어머니가 강진읍교회로 나가시기 때문에 목사님이 심방을 오시면 우리 집에서 가정 예배를 드리게 되었다. 어머니의 전도로 한 두 가정이 믿기 시작하면서 우리 집이 마을의 거점이 되었다. 이때부터 아버지도 예배에 참석하여 예배를 드리기 시작했다고 한다. 어머니의 전도로 점점 구역 식구들이 늘어나면서 예배당이 필요하게 되었고, 강진읍교회에서 우리 마을에 예배당을 짓기로 결의하게 되었다고 한다.

　　교회 위치는 영파리 3개 마을, 차경, 팔영, 장동 마을의 중간 지점인 팔영으로 하기로 하고 교인들이 건축에 필요한 것을 구입하여 진행하면 돈은 강진읍교회에서 지급해 주는 것으로 하고 건축이 시작되었다고 한다.

당시 3km쯤 떨어진 용동교회가 새로 건축을 하기 위해 현재 교회를 뜯는다는 소식을 듣고 강진읍교회 장로님과 아버지와 어머니가 용동교회에 찾아가서 뜯어낸 목재를 우리에게 주면 우리가 싣고 가서 교회를 짓겠다고 하여 허락을 받고 아버지와 몇몇의 교인들이 소달구지에 목재를 실어 날라 최초의 영파교회를 세웠다고 한다.

우리가 고향 영파리로 이사를 온 곳은 이전에 살았던 큰집이 있는 팔영 마을이 아니라 조금 더 위에 있는 장동마을이다. 이미 큰집은 아버지의 노름빚에 넘어간 상태였다. 장동마을에는 큰 고모님이 살고 계셨는데 그 고모님이 작은 초가집을 소개해줘서 구입하여 오게 된 것이다. 그런데 그 집 옆에는 오래된 사장나무(당산나무)가 있었고 마을 사람들은 그곳에서 제사를 지내기도 하고 누구라도 그 나무의 뿌리나 가지를 훼손하면 큰일이 나는 것으로 믿고 있었다. 그 집은 상당 기간 빈집이었는지 기억은 없지만, 관리가 안 된 집이었던 것은 기억이 난다.

앞마당에서 뒤뜰로 가는 통로에는 나무뿌리가 울퉁불퉁 나와 있었고 집안이라기보다는 산에 있는 정비되지 않는 등산로 같은 상태였다. 그런 통로를 아버지는 삽질하시고, 곡괭이질을 하시며 마당을 고르셨고 그 과정에서 상당한 양의 사장나무 뿌리가 잘리게 되었다. 지나가던 마을 사람들은 이것을 보면서 마치 집안에 큰일이라도 날 것이라 여기며 나무를 건드리면 큰일이 난다며 나무를 건드리면 안 된다고 했다. 그래도 아버지는 마당까지 나무뿌리가 뻗었는데 그대로 둘 수는 없지 않으냐며 계속해서 마당을 가꾸어 가셨다.

그 무렵에 어머니는 악몽을 꾸셨다고 한다. 아마도 아버지의 지난날의 삶이 되풀이되지는 않을까 하는 걱정과 마을 사람들이 사장나무를 건드리면 안 된다는 말이 신경이 쓰이셨던 모양이다. 어머니의 악몽은 여러 날 동안 계속되었는데 강진읍(안풍)교회 최하석 전도사님을 모시고 예배를 드리고 난 다음부터는 악몽이 사라졌다고 한다.

어머니가 악몽을 꾸시던 무렵 나는 매일 밤 예수님을 만나는 꿈을 꾸었다. 참으로 기분 좋은 꿈이었다. 내가 잠이 들면 하얀 두루마기를 입으신 예수님이 부엌문을 통해 방으로 들어오셨다. 그리고 자고 있는 나를 품에 안으시고 방의 아랫목 중앙 기둥에 등을 기대고 나를 안은 채로 앉아 계시다가 닭이 울고 날이 밝으면 나를 눕혀 놓고 가시는 꿈이었다. 아마도 10여 일 동안 같은 꿈을 매일 밤 꾼 것으로 기억한다.

어머니에게 말씀드렸더니 어머니는 할렐루야! 살아계신 하나님이 너를 지켜주신 꿈이구나 하시며 너는 누구보다 더 하나님을 잘 믿어야 된다. 물에 빠져 죽게 된 너를 하나님이 살려주셨다는 것을 잊지 말라 하시며 앞으로 주의 종이 되게 해달라고 기도하시겠다고 하셨다.

우리 집이 외가에서 영파리로 이사를 올 때 나는 초등학교 2학년으로 기억한다. 그로부터 2~3년 뒤부터 고향교회에서 초등학교와 중학교 시절을 보냈다. 해마다 성탄절에 있는 연말 시상식에서는 시상의 전 종목을 석권했다. 출석상, 인도상, 요절상, 헌금상 등이 있었던 것으로 기억한다. 이때 받은 공책과 연필로 1년 동안 쓰고도 남을 만큼 많았다.

그때 목사님은 양병환 목사님이셨고 영파리, 지석리, 덕서리, 안풍?, 교회 등을 맡아 목회하셨고 주일학교 반사로 송민언(헌) 선생님이 봉사하셨다. 그때 반사로 가르치셨던 송민언(헌) 선생님이 그립다. 잘은 몰라도 당시에 초등학교나 겨우 졸업했을 것으로 생각하는데 그분이 설교하시던 모습이 눈에 선하다. 마이크도 없던 시절, 온몸으로 가르치시고, 동화를 들려주시고, 선하게 웃으시던 모습만이 기억에 남아있다. 철이 들고 나서 그분에 대해 수소문을 해보니 들리는 소식으론 미국으로 이민 가셨다고 한다.

또 김영수 선생님은 제주도로 이사 가셔서 식당을 하신다. 지금은 장로님이 되셨고 그 아드님이 목사가 되어 사역하고 있다고 들었다. 교회 누나 정명순은 사모님으로 사역하고 계신다.

나의 두 누님(강대순, 강연순)과 여동생(강경임)이 사모로, 동생(강대영)과 나는 목사로 사역하고 있으며 큰누님의 큰아들(위두환)과 막내 사위(최종배)가 목사로, 둘째 누님의 큰아들(황경환)이 목사로,

나의 큰 사위(박성락)가 목사로, 내 여동생의 큰아들(정영광)이 전도사로, 둘째 아들(정소망)이 신학교를 다니고 있으니 우리 모두에게 영파교회는 신앙의 모판인 셈이다.

어머니의 간절한 기도는 아버지도 변화시키고 말았다. 평생 신앙생활을 하는 어머니를 핍박하셨던 아버지, 어느 기간 교회를 다니시다가 그만두시기를 반복하셨고, 교회를 다니실 때도 형식적으로 다니셨던 아버지는 제가 목사가 되고 나서부터 달라지셨다. 아들을 봐서라도 믿어주셨던 것인지 교회 출석도 잘하시고, 시간만 나시면 성경을 읽으시고, 성경이 헤지도록 붙들고 사셨다. 또 시간만 나시면 찬송가 438장 '내 영혼이 은총 입어'를 즐겨 부르셨다. 아버지의 애창곡이 된 것이다.

438. 내 영혼이 은총 입어

(1) 내 영혼이 은총 입어 중한 죄짐 벗고 보니
슬픔 많은 이 세상도 천국으로 화하도다

후렴: 할렐루야 찬양하세 내 모든 죄 사함 받고
주 예수와 동행하니 그 어디나 하늘나라

(2) 주의 얼굴 뵙기 전에 멀리 뵈던 하늘나라
내 맘속에 이뤄지니 날로날로 가깝도다

(3) 높은 산이 거친들이 초막이나 궁궐이나
내 주 예수 모신 곳이 그 어디나 하늘나라

아버지의 징용 이야기

아버지를 생각하면 만감이 교차한다. 아버지께 들은 말씀에 의하면 당시 아버지는 인근 마을을 통틀어 세 분(아버지, 고철하, 윤주남) 만이 목포상고를 다닌 엘리트였다고 한다. 그런데 아버지는 결혼 전에 일제 강제징용을 다녀오셨다. 아버지가 일본 미스비시 탄광에 끌려가 고생을 하신 것은 당시 신혼 초였던 고모부가 징용에 끌려가시게 되자 가족들이 의논하여 고모부를 대신 해서 아버지가 가시가 된 것이라고 한다. 모르긴 해도 이때부터 아버지의 마음속에는 가족들에 대한 원망과 마음대로 되지 않는 세상사에 상당한 불만을 가지셨던 것으로 보인다.

아버지가 대신 징용을 가게 됐던 큰고모부도 유복자 아들을 남기시고 일찍 세상을 떠나셨다. 인간의 생사화복이 하나님의 손에 달렸다는 것을 실감하게 한다. 아버지는 그런 고모와 한마을에 살면서도 그다지 정답게 지내지는 못하셨던 것으로 기억한다. 아마도 징용문제가 마음속에 남아 계셨던 것은 아니었을까 생각한다.

아버지를 만난다면 물어보고 싶은 말이 있다. 어머니가 교회 다니시는 것은 그렇게 핍박을 하시면서도 왜 자식들이 교회 다니는 것은 당연하게 여기셨을까 궁금하다.

아들이 목회하는 교회를 한 번도 와 보시지 못한 아버지는 2008년 10월 19일, 88세를 일기로 하늘나라로 가셨다. 아버지가 임종하시기 2~3개월 전 제수(이금숙)씨가 아버지가 주님을 확실히 믿고 구원을 받았는지 확인을 한바 분명하게 신앙을 고백하셨다고 하니 천국에 가신 것을 믿는다. 내 평생에 아버지 사랑합니다, 아버지 감사합니다, 한번 해보지 못한 것 같아 죄송하다. 늦었지만 마음속에 계신 아버지께 진정 어린 고백을 하고 싶다.
"아버지 감사합니다. 아버지 사랑합니다."

어머니는 내가 목회를 하는 동안 두 번 다녀가셨다. 한 번은 교회 설립 예배를 드릴 때 축하와 헌금을 해주시러 오셨고, 또 한 번은 어느 해 내 생일에 찰떡을 해 오시느라고 오셨다. 그토록 소원하신 아들이 목회하는데 주일은 본 교회서 지켜야 한다며 주일 전에 고향으로 내려가셨다. 교회밖에 모르신 어머니셨다.

어머니는 아버지가 돌아가신 후 살림을 정리하셨다. 고향집은 나에게 주신다고 하였으나 나는 큰 누님이 집안을 위해 고생을 많이 하셨기에 큰 누님에게 드리라고 했다. 어머니도 큰 누님이 생활에 여유가 있을 때 큰돈을 맡기며 이자를 불려달라고 했는데 어머니는 당시 동네에서 방앗간을 하던 최○원 씨에게 빌려줬다가 그분이 야반도주하는 바람에 받지를 못해 본의 아니게 누님에게 큰 손해를 입힌 미안한 마음과 마음이 빚이 있었기에 그렇게 하자고 하셨다.

논은 나와 남동생에게 반씩 나눠주신 다음 내 몫 800평을 평당 2만 원씩에 팔아 1,600만 원을 목회하는 데 쓰라고 보내주셨다. 교회가 우선이고, 교회밖에 모르신 어머니의 마음의 한 단면이다.

그때 1,600만 원은 교회 근처에 집을 얻어 인근 항공대 학생들에게 기숙사로 내주었다. 기숙사비는 무료였고 쌀과 반찬도 제공해 주었다. 입사조건은 지방에서 올라온 학생 중에서 신앙을 가진 학생들이 주일 예배에 참석하는 것과 일주일에 두 시간 공부방 아이들을 가르치는 조건이었다. 수진이, 영식이, 동열이, 인이, 병진이, 인덕이 같은 착한 학생들이 기숙사를 거쳐 갔고 그중에서 동열이는 둘째 사위가 되었다.

개척 초창기 어머니는 금반지를 빼주셨다. 어머니가 빼주신 금반지를 팔아 구입한 HP 흑백 레이저 프린터기는 중간에 부품을 하나

교체하고 현재까지 요긴하게 사용하고 있다.

어머니는 2022년 94세로 건강하게 생존해 계신다.

평생 나를 위해 기도해 오신 어머니는 매번 내 목회와 인생의 전환점의 중심에 계셨다. 나는 어머니와 내 삶과 내 목회가 보이지 않는 끈으로 묶여있다고 생각한다. 그래서 조심스럽게 예견한다. 내 목회가 끝나는(은퇴) 5, 6년 뒤에 어머니도 하나님 곁으로 가실 것 같다.

개펄

강대석

시커멓고
볼품없어
모두가 털어버린 너
곱게 부서져
감춰졌지만
너도 생명이었구나.
조개도 키워내고
짱뚱이도 키워내고
잰걸음으로 도망가는 꽃게를 보니
건강하게 키워냈구나

너를 보며

생명 없는 나의 하얀 피부가 부끄럽다

영혼을 살려내지 못한

내가 부끄럽다

- 2017.5.23. 증도 해변에서

| 교회가 있는 마을은 행복하다, 마을목회

Part 3

마을목회의
감동스토리

주민들이 말하는
마을목회의
감동스토리를 나누다

▌화전동축제에서 인사말을 하는 필자

▌최성 고양시장님과 필자

▌경로잔치에서 사회를 보는 필자

▌주민자치, 통장 워크숍, 왼쪽 끝이 필자

교회가 있는 마을은 행복하다, 마을목회

임용구 화전동 10통장

'이같이 너희 빛이 사람 앞에 비치게 하여 그들로 너희 착한 행실을 보고 하늘에 계신 너희 아버지께 영광을 돌리게 하라'

† 마태복음 5장 16절

저는 화전동 10통 통장 임용구라고 합니다. 화전벌말교회가 우리 10통에 속하고, 목사님이 교회 3층 사택에 사시기 때문에 교회와 목사님의 활동을 매일 보다시피 합니다. 또 목사님이 선배 통장님이시기 때문에 마을의 이런저런 일들로 자주 만나 이야기를 나누며 자문을 구하기도 합니다. 그런 인연으로 감동스토리를 쓰게 되었는데 영광입니다. 처음에는 말로는 얼마든지 하겠으나 글은 못 쓰겠다고 극구 사양을 하였으나 가장 가까이에서 지켜본 통장님이 써주셔야 한다고 하시기에 간단히 써보겠습니다.

저는 우리 마을 어르신들은 교회로부터 도움을 받지 않는 분은 한 분도 없을 것이라고 생각합니다. 화전벌말교회와 목사님이 마을의 은인이라는 생각에 누구도 이견을 달지 않을 것입니다. 저도 물론 그렇게 생각을 합니다. 마을 전체적인 차원을 넘어 개인적으로도 고맙고 감사한 생각을 항상 하고 있습니다.

　어느 해 가을 저희 어머님이 쥐에 손가락을 물리셨는데 그것이 원인이 되어 병원에서 크게 고생하신 적이 있었습니다. 당시 생명이 위험할 정도의 고비도 있었으나 잘 넘기시고 치료를 받고 퇴원을 하셨습니다. 그때 입원비와 치료비 등 병원비가 상당한 금액이 나왔었습니다. 제 가족과 형제들에게 부담될 정도로 큰 금액이었는데 그때 목사님이 병원(명지병원) 측에 사정을 잘 말씀드려주셔서 상당한 금액의 병원비를 감면받게 해주셨습니다. 그 일이 있고 난 뒤부터 더욱 화전벌말교회와 목사님에 대한 고마운 마음을 갖고 있습니다. 저는 현재 교회는 다니지 않고 있지만 둘째 형수와 셋째 형수가 화전벌말교회에 다니는 것을 보면서 나도 언젠가는 교회에 다녀야 할 것 같다는 생각을 합니다.

　또 이웃에 사는 박○호 아저씨와 김금실 아주머니는 교회에 대한 이미지가 얼마나 좋지 않았는지 돼지를 기르면 길렀지 교인들에게는 방을 세주지 않겠다고 하시던 분들입니다. 한데 강 목사님이 오시고 나서는 김금실 아주머니는 교인이 되셨고, 박○호 아저씨도 교회에 대해 매우 우호적이며 교회에 대한 인식도 많아 달라진 것을 보았습니다.

　저희 외삼촌도 목사님으로 홍은동에서 목회 활동을 하시다가 은퇴를 하셨기 때문에 목사님의 삶이 이런 것이구나 하고 대략은 알고 있었으나 강 목사님을 통해서 확실하게 성직자의 삶이 어떤 것이라는 것을 알게 되었습니다.

화전벌말교회와 강대석 목사님은 우리 마을을 위해 좋은 일을 많이 하신 분이며 마을 주민들을 행복하게 해주셨습니다. 우리 동내에 화전벌말교회가 있어 감사하고 강대석 목사님이 계셔 자랑스럽습니다.

목사님 감사합니다. 파이팅

살림살이를 얻어오며

강대석

낡고 녹슬고 부서진 물건이라도
귀한 것 새것 좋은 것을 대하듯 한마음
모든 버려진 것조차도
아끼는 마음
사랑하는 마음
그 마음으로 목회하리라
하나도 버릴 것 없다는 듯
좋은 것만 보는 마음
그런 아내의 마음이 곱다

색동저고리 마냥 곱다

내 마음도 그렇다

- 2020.8.24. 수색교회에서 물건을 싣고 올 때

이옥희 화전동 9통장

'너희는 우리의 편지라 우리 마음에 썼고 뭇 사람이 알고 읽는 바라'

† 고린도후서 3장 2절

저는 화전동 9통 통장 이옥희입니다. 마을 중앙으로 길게 난 도로를 기준으로 우측은 10통, 좌측은 9통입니다. 10통과 9통은 벌말이라고 불리는 한 마을입니다.

저는 직장을 다녔기 때문에 동네에서 보내는 시간은 거의 없었고 집에 있을 때도 외출을 별로 하지 않았기 때문에 통장 일을 하기 전까지는 강 목사님을 직접 만나본 적은 없었습니다. 물론 화전벌말교회가 동네의 어려운 이웃들과 어르신들을 위해 좋은 일을 많아 한다는 말은 전임 통장님과 이웃들을 통해 들었습니다. 또 우리 집에 세입자 중에 화전벌말교회에 다니는 교인이 있기 때문에 교회에 대해서는 잘 알고 있었습니다.

그러다 직장을 그만두고 마을에서 통장 일을 맡고 활동을 하면서 강 목사님을 만나게 됐고, 화전벌말교회가 마을에서 어떤 일을 해왔는지를 더 잘 알게 됐습니다.

화전벌말교회 하면 먼저 골목길을 깨끗이 청소해주는 교회로 기억합니다. 마을 중심도로에서 골목길로 50여 미터 들어온 우리 집 근처에는 늘 버려진 쓰레기들이 쌓여있을 때가 많았는데 교회에서 분기별로 청소를 해주시기도 하시고, 동사무소에 연락해서 치워주시기도 하시고, 화전벌말교회는 골목길을 깨끗이 청소해주는 교회로 기억합니다.

또 화전벌말교회는 어려운 이웃들을 잘 돌보는 교회입니다. 저희 옆집에 박0환 님, 이0애 님 등 어려운 이웃들이 많이 있는데 교회가 그분들을 돌보며 물심양면으로 도와주는 것을 보면서 그 교회가 그 교회겠지, 목사가 다 그렇겠지 생각을 했는데 강 목사님을 보면서 생각이 많이 변했습니다.

위에서 언급한 이0애 님은 어려서 조실부모하고 고아처럼 살아오신 분입니다. 그래서 어려서부터 몸이 아파도 홀로 견디고 병원에도 가지 못했다고 합니다. 그래서 그런지 그렇게 많지 않은 나이임에도 귀도 잘 듣지 못하고, 눈도 잘 보지 못했습니다. 이 사실을 알게 된 강 목사님이 병원에 모시고 가서 진료를 받게 해주셨습니다. 귀는 치료 시기를 놓쳐 치료할 수 없다 하여 포기하고 눈은 수술을 받게 하셔서 밝은 눈을 찾아주셨습니다.

|

이 과정에서 강 목사님은 진료와 치료와 사후 관리까지 화전동에서 화곡동 실로암 안과까지 이○애 님을 모시고 수십 차례나 차에 태워 모시고 다니셨습니다. 참으로 멋진 목사님이십니다.

제가 통장으로 지원했을 때 강 목사님이 면접위원으로 참여하여 면접하였는데 강 목사님께서 통장은 공인이라는 것을 항상 명심하고, 민과 관 사이에서, 주민과 주민 사이에서 불편부당하게 통장업무를 하라고 강조하셨습니다.

또 강 목사님이 위원장으로 계신 화전동 지역사회보장협의체 위원으로도 위촉되어 활동하고 있는데 공평무사하게 회의를 이끌어가는 모습과 위원들의 제안을 최대한 수용하여 통장이나 위원들이 보람 있게 일을 할 수 있도록 하시고, 어떤 일이 되게끔 뒤에서 밀어주는 모습은 참 지도자의 모습을 갖추셨다고 생각합니다.

화전벌말교회를 응원하고 강 목사님을 응원합니다.

▌모범적인 자립교회 사례를 소개한 책

정경덕 화전동 4리 노인회장

'또 누구든지 너로 억지로 오 리를 가게 하거든 그 사람과 십 리를 동행하고'
† 마태복음 5장 4절

나는 학창시절 교회에 다니며 학생회장까지 했던 사람입니다. 그런데 당시 다니던 교회 목사님께 실망하여 교회를 떠났습니다. 그렇게 살다 내 나이 70이 넘어 이웃에 살던 친한 친구(조홍제)가 화전벌말교회에 나가면서 나도 몇 번 교회를 다녔습니다. 그러다 교회를 다니지 않고 있습니다. 그래서 화전벌말교회 강대석 목사님에게 항상 미안한 마음이 있습니다.

나는 강대석 목사님에 대한 몇 가지 좋은 기억이 있습니다.

첫째는 새만금 방조제 여행입니다

그날은 목사님께서 봉고차를 운전하여 인천 영종도에 있는 해군본부라는 횟집으로 식사하러 갔습니다. 우리 부부, 조홍제 친구 부부, 친구 배상운, 목사님 내외분 7명이 위에서 말했던 친구(조홍제)가 입맛이 없다 하여 외식을 갔던 것입니다. 그런데 식사 중에 친구가 새만금 방조제를 가 보지 못했는데 한번 가 보고 싶다고 하자 강 목사님이 장거리 여행인데 괜찮겠냐고 물으셨고 우리 모두(6명) 괜찮다고 하자 바로 출발해서 새만금 방조제를 다녀왔던 것입니다.

오며 가며 좋은 곳에 들르고, 맛있는 것도 먹었습니다. 운전도 못하고 나이도 많고 여러 사정이 여의치 않은 어른들을 위해 기꺼이 수고해 주신 목사님의 수고를 지금도 잊을 수가 없습니다.

두 번째는 내 친구 배상운의 장례식입니다

당시 친구(배상운)는 육체의 병으로 고생하다가 세상을 떠났습니다. 아픈 기간 2~3달 잠시 교회를 다녔는데 교회에서는 정성을 다해 장례식을 치러주었습니다. 또 적지 않는 비용을 장례비에 보태주었습니다. 화전벌말교회가 작은 교회고 어려운 교회인데 이렇게 어려운 사람들을 위해 아끼지 않는구나 하는 생각에 감동을 받았습니다.

세 번째는 시장 표창을 받은 것입니다

나는 화전4리 경노당 노인회장으로 재직할 당시 강대석 목사님의 추천으로 고양시장 표창을 받았습니다. 당시 교회와 강 목사님은 마을 노인회관에서 어르신들에게 자주 식사를 대접해 주셨는데 이로 인해 우리 마을 노인 회원들은 항상 교회에 고마운 마음을 가지고 있었고 표창을 받으려면 교회가 받아야 하는데 나를 추천하여 표창을 받게 해주셨으니 고맙고 미안했습니다.

또 나는 교회를 다니다가 그만두고 다니지도 않을 때인데 밑지도 않았는지 나를 상 받게 해주신 목사님이 더욱 감사할 뿐입니다.

화전벌말교회 강대석 목사님 사랑합니다.

어느 날 문득

강대석

어느 날 문득 하나님 앞에 서 있는 나를 보았다
하나님께서 물으셨다
너 세상에서 무엇 하다 왔냐?
목회하다 왔습니다
그러면 내가 기뻐할 만 일 한두 가지만 말해 봐라
무당 며느리를 전도해서 집사로 세웠고
천하의 한량을 전도하여 집사로 세웠고
창고가 될 뻔한 예배당 매입하여 교회되게 했습니다
그러자 하나님이 말씀하셨다
강 목사야 그것은 기본 아니냐
어느 집사, 어느 권사는 몇백 명씩 전도하고
이 땅의 수많은 교회도 누군가가 세웠고
지금도 누군가는 교회를 세운다
루터, 칼빈 같은 개혁자도
웨슬리, 찰스 피니 같은 영적 대각성을 일으킨 부흥사도 바라

지 않는다

　다만 목사가 되라

　다만 참 목사가 되라고 말씀하셨다

　- 2021년 8월 27일, 코로나 백신 2차 접종을 앞두고

　　　.

박산수 화전동 통장협의회장

'너희는 세상의 빛이라 산 위에 있는 동네가 숨겨지지 못할 것이요'

†마태복음 5장 14절

화전동 30개 통 통장협의회장 박산수입니다. 저는 가톨릭 신자로 성당 안에서 사목회장으로 봉사하고 있으며 동생은 천주교 사제입니다. 그렇기 때문에 화전벌말교회와 강대석 목사님에 대해서 누구보다도 관심이 많은 사람입니다.

저는 수년간 강 목사님과 마을에서 활동을 같이 해오면서 잔잔한 감동으로 남아있는 이야기 중에서 몇 가지를 말해보려고 합니다.

1, 몇 년 전 '화전동 지역사회 보장협의회'에서 나들이를 못 하시고 집안에만 계신 독거 노인 25분을 모시고 파주 통일 동산과 벽초지 수목원을 다녀온 적이 있었습니다. 당시 복지협의회 위원장이셨던 강 목사님은 어르신들을 무료하지 않고 즐겁게 해드리려고 목이 쉬도록 안간힘을 다 쓰시는 것을 보고 감동을 했었습니다.

가는 길 한 시간 정도, 오는 길 한 시간 정도를 노래를 불러드리다가, 위로의 말씀을 해주시다가, 우스운 이야기를 해드리다가 혼자서 계속 진행을 하시다가 잠시 마이크를 동행한 공무원이나 위원들에게 넘기시면 아무도 마이크를 받으려고 하지 않았습니다. 마이크를 받아 장단을 맞춰주는 사람이 없이 다 손사래를 치고 도망가기 급급했습니다. 그러면 또 강 목사님 혼자서 노래를 불러드렸습니다. 불효자는 웁니다. 어머니, 전선야곡 등, 어머니를 주제로 한 강 목사님의 노래로 나들이를 가신 어르신들이 매우 즐거워했던 기억이 생생합니다. 왜 그때 조금 거들어주지 못하고 마이크를 피했었는지 혼자서 고군분투하게 했는지 후회가 됩니다. 목사님 죄송했습니다.

2, 또 최근에는 '화전동 축제 추진위원장'이신 강 목사님을 중심으로 여러 위원과 함께 마을 축제를 추진하여 준비를 마치고 축제일이 되기를 기다렸습니다. 그런데 축제일 일주일을 남겨 둔 시점에 경기 북부지역에서 발생한 돼지 열병으로 인해 고양시에서 축제 자제요청 공문이 왔습니다. 이때 강 목사님은 축제 추진위원장으로서 무거운 책임감을 가지고 축제 취소 결정을 내렸습니다.

이에 한두 명(적극적으로 한 명, 소극적으로 한 명)의 위원들은 시에서 축제를 자제해달라는 요청을 했지 취소하라는 명령이 아닌데 왜 취소를 하냐며 지금까지 고생한 것을 생각해서 그대로 추진하자며 축제 강행을 요구하는 일이 있었습니다. 임원과 분과장 등 7~8명의 다수가 취소에 찬성하고 다수결로 결의하면 끝나는 결정인데도 위원장이신 강 목사님은 딸 같은 또래의 젊은 위원에게 목사님 자신이 큰 잘못이라도 저지른 것 같이 용서해라, 이해해라 설득하여 만장일치로 결의하는 것을 보고 감동을 받았습니다.

3, 강 목사님은 통장 면접을 볼 때 늘 면접관으로 참석하시는데 강목사님은 통장 면접을 볼 때마다 통장 후보들에게 자기 명예와 목적이나 경제적 이득을 위해 일하려면 그만둬라, 헌신과 봉사 정신으로 하고 마을을 행복하게 하는 역할을 해달라고 부탁을 하셨습니다.

목사님 본인이나 화전벌말교회가 그렇게 하시니까 그렇게 말씀하실만하다고 생각을 합니다. 목사님은 언제나 합리적이고, 논리적이고, 이성적으로 그리고 공평하게 마을 일을 하신다고 생각합니다. 그렇기 때문에 누구도 불평이 없고, 존경하고 있습니다.

목사님이 계셔서 든든합니다. 저도 목사님처럼 마을을 위해 최선을 다하겠습니다. 목사님 파이팅!

임윤택 화전동 주민자치위원장

'우리는 구원 받는 자들에게나 망하는 자들에게나 하나님 앞에서 그리스도의 향기니'

✝ 고린도후서 2장 15절

　안녕하십니까, 화전동 주민자치위원장 임윤택입니다. 저는 교회는 다니지는 않지만, 집 근처에 향동교회가 있었고, 동네 친구들도 여럿이 그 교회에 다녔었고, 또 지금은 은퇴하셨지만, 그 교회 목사님이신 정량화 목사님은 저를 비롯한 온 동네 사람들이 존경하던 목사님이셨습니다. 그렇기 때문에 교회에 대해 비교적 우호적인 마음이 있습니다.

　저는 화전동 토박이로 동네를 위해 뭔가 할 수 있는 일이 있으면 해야겠다고 마음은 먹었으나 동네 선배님, 형님들이 이런저런 자리들을 맡아 활동하고 계셔서 기회를 얻지 못했습니다. 그러던 중 향동지구가 개발되고 입주가 시작되면서 인구유입이 늘어나고 마을에 변화가 일어나면서 저도 마을에서 일할 기회가 주어졌습니다. 그 과정에서 당시 주민자치위원회 위원장이셨던 소유현 위원장님과 주민자치위원회 고문이셨던 강대석 목사님이 적극적으로 저를 추천해 주셔서 화전동 주민자치위원장이 될 수 있었습니다.

저는 주민자치위원장이 되기 훨씬 전부터 화전동 산악회 회원으로 활동했습니다. 그런데 산악회 회원 중에는 9통, 10통 지역(벌말)에 사시는 분들이 많았는데 그분들이 한결같이 화전벌말교회와 강대석 목사님의 이야기를 많이 하셨습니다. 좋은 일을 참 많이 하시고 좋은 목사님이라고 하셨습니다. 벌말에 사는 산악회 회원 중에는 교회에 대한 감정이 아주 좋지 않은 분들도 많이 계셨는데 강 목사님에 대해서만은 예외였습니다.

또 제가 신도농협 이사로도 재직하고 있는데 벌말 지역에 사시는 농협 조합원들에게서 들은 이야기도 한결같이 산악회원들과 같은 말씀들을 하셨습니다.

저는 그런 이야기를 들으면서 강대석 목사라는 분이 옛날 향동교회 정량화 목사님 같으신 분인가 보다 생각하며 궁금했는데 주민자치위원회 활동을 하면서 목사님을 만나게 된 것입니다.

제가 듣고, 본바 강대석 목사님은 사람을 세우고, 의지를 복 돌아주시고, 불의에 대해서는 단호하시면서도 어려운 분들에 대해서는 측은지심을 가지신 분입니다. 성직자로서 품위는 잃지 않으시고, 권위는 내려놓으신 소탈한 목사님이십니다.

강 목사님의 마음속에는 항상 마을의 화합과 평안을 위한 생각으로 가득 차있는 것으로 보였으며 이를 위해 끊임없이 소통하시고, 마을을 위해 시간과 물질을 아끼지 않는 분이라고 생각합니다.

저는 강 목사님을 생각하면 우리 동네에 없어서는 안 될 꼭 필요하신 목사님이라고 생각합니다. 목사님 존경합니다. 사랑합니다.

우포늪에서

강대석

주차장에서 늪으로 가는 길목은
민통선을 가는 느낌이었다

고요한 늪, 거룩한 늪, 신비로 가득 찬 늪
생명의 신비를 내게 전한다

수면은 오리들의 붓칠로 녹색으로 가득 채워졌고
노랑나비 흰나비의 날갯짓으로 고요함이 부서진다

물 위를 미끄럼 타는 오리들이 나의 분주함을 구경한다

나는 오리들의 여유로움을 바라본다

물 위를 덮은 부평초 시끄러운 세상을 덮었다
죽음의 세상을 덮고 생명으로 가득하다

- 2019년 0월 0일 수련회 답사 중 창녕군 우포늪에서

서은원 화전동장

'그러나 너희는 택하신 족속이요 왕 같은 제사장들이요 거룩한 나라요 그의 소유가
된 백성이니 이는 너희를 어두운 데서 불러내어 그의 기이한 빛에 들어가게 하신
이의 아름다운 덕을 선포하게 하려 하심이라'

† 베드로전서 2장 9절

안녕하세요. 화전동장 서은원입니다. 저는 2020년 화전동 동장으로 부임하여 업무 파악을 하던 중, 전임 동장과 사무장 그리고 마을에서 활동하는 단체장들을 통해 화전벌말교회와 강대석 목사님에 관한 이야기를 많이 들었습니다. 만나는 사람마다 화전벌말교회와 목사님에 대한 칭찬을 아끼지 않았습니다. 강 목사님은 다른 목사님들과 다르게 종교적인 언급은 한마디도 하지 않았지만 딱 봐도 목사님 같은 분이셨습니다. 제가 이 글을 쓰기 위해 사람들을 만나 화전벌말교회에 대한 평을 들어보고, 자료를 모아서 나름 정리해 본 감동스토리를 간단히 적어보겠습니다.

2003년 12월 화전벌말교회를 설립한 강대석 목사님은 낙후된 지역의 발전과 주민분들의 화합을 위해 섬김의 마음으로 지속적인 봉사를 해 오고 계신 사랑의 실천자입니다.

지금까지 강대석 목사님은 몸이 불편하신 마을의 어르신들을 위해 침술 및 의료, 안경 맞춤 등 봉사활동을 통해 마을에 사신 어르신들의 건강한 삶을 지원하셨고 아이들과 청소년에게는 방과 후 교실, 컴퓨터 교육과 국내 여행 등을 통한 미래의 꿈을 지원해주셨습니다.

　　화전벌말교회의 초청으로 마을에 오셔서 봉사하는 의료진들은 현직 내과 개원의 ○○내과 원장님을 비롯하여 의료진 전원이 의사, 약사, 한의사, 면허와 자격증을 가지시고 내과, 치과, 약국, 한의원 등을 경영하고 계신 원장님들이셨습니다. 몇 차례 의료봉사하는 동안 심하게 위험한 환자는 없었고 약을 처방하고 조제해주고 필요한 치료를 해주는 경우가 대부분이었으나 어느 해는 ○○내과 원장님이 김○환 님의 위내시경 검진을 하는 중에 매우 시급하고 위중한 상태임을 발견하여 가족들에게 알렸고 김○환 님의 조카가 근무하는 중대대학병원에 입원하여 치료를 받게 한 적이 있었습니다. 그때 김○환 님의 조카 의사는 조금만 늦었어도 큰일을 당할 뻔했다고 강 목사님에게 감사를 전했다고 합니다.

　　또한, 그간 강 목사님은 여러 지인들과 업체들과 친분 관계를 맺어 오시며 각종 물품을 기증받아 동네에 나누어주시다 2008년부터는 바자회(화전사랑 알뜰시장)를 개최를 통해 얻은 수익금을 불우한 분들을 돕는 이웃사랑을 실천하고 계십니다.

교회가 있는 벌말 지역 외에도 화전동 지역사회 활동에도 적극적으로 참여하고 계십니다. 그간 궂은일을 맡아 하시는 통장업무와 주민자치위원회 일원으로서 도시재생 추진 등 낙후된 화전동 발전을 위한 다양한 사업을 적극적으로 추진하셨습니다.

현재는 화전동 지역사회보장협의체 민간위원장으로 지역 내 어려운 이웃을 발굴하고 지원책을 마련하는 한편, 취약계층에게 사랑의 김치 나눔, 연탄지원 등의 다양한 복지사업을 실천하고 계십니다.

타인을 위한 봉사는 받는 사람뿐 아니라 자신에게도 기쁨과 행복을 가져다주며 힘든 시기일수록 이웃을 생각하는 마음들이 모여 위기를 극복하는 큰 힘이 됩니다.

강대석 목사님의 따뜻한 손길과 봉사는 코로나 19로 인해 모두가 어려운 시기에 벌말 지역뿐 아니라 화전동 주민분들께 희망과 용기를 심어주셨습니다.

화전동 행정복지센터에서는 강대석 목사님과 함께 주민 모두가 행복한 화전동을 만들기 위해 노력하겠습니다. 감사합니다.

고부미 고양시 시의원

'너희는 세상의 소금이니 소금이 만일 그 맛을 잃으면 무엇으로 짜게 하리요 후에
는 아무 쓸데 없어 다만 밖에 버려져 사람에게 밟힐 뿐이니라'

✝ 마태복음 5장 13절

전 고양시 시의원 고부미입니다. 제가 화전동주민자치 위원장으로
활동하다가 시의원에 출마하기 위해 위원장 자리를 내려놓았고 제
뒤를 이어 강대석 목사님께서 주민자치위원장을 맡으셨기 때문에 마
을에서는 누구보다도 더 화전벌말교회와 강대석 목사님에 대해서 잘
안다고 할 수 있습니다.

저는 강대석 목사님 하면 우선 책을 한 권 선물 받은 것을 잊을
수가 없습니다. 책 한 권이 무슨 큰 의미와 감동이 있겠는가 하고 의
아해하실 분도 있겠지만, 그 책 한 권은 한 권이 아니라 30권이나
마찬가지라고 생각하기 때문입니다.

제가 경민대학에서 공부할 때의 일입니다. 교수님이 어떤 책을 한
권 지적해 주시며 리포트를 쓰게 하셨는데 그 책은 목사님들이 보시

는 성경 주석 책이었습니다. 저는 강 목사님은 그 책을 가지고 계실 것이라 믿고 빌려보면 되겠다 싶어 목사님께 말씀드렸더니 목사님은 열심히 공부하라며 아예 그 책 한 권을 주셨습니다. 그런데 그 책은 낱권이 아니고 전권 30권 한 질로 된 책이었는데 한 권을 주신 것입니다. 강 목사님은 그렇게 가지고 있는 것을 필요로 하는 사람들이게 아낌없이 내어주시는 분이십니다.

또 제가 화전동 적십자회장을 맡고 있는 것을 아시고 헌혈 증서를 모아 주시기도 하시고, 교회에서는 사랑의 쌀독을 마련하여 24시간 오픈하여 누구든지 쌀이 필요한 사람들이 가져가서 배고프지 않고 먹을 수 있도록 하시며 마치 마을에 어려운 사람들이 있는 것이 목사님의 탓이라도 되는 것처럼 최선을 다해 돕는 모습을 지켜보면서 존경하고 있습니다.

가끔 화전벌말교회에 행사가 있어 참석을 해보면 고양시, 파주시, 은평구 등에서 유명하신 목사님들이 순서를 맡아서 오시는데 그 목사님들이 축사나 권면을 할 때 들어보면 강 목사님은 우리 동네에서만 아니고 교회가 속한 전 권역에서 모범적으로 목회 활동을 하시는 모범적인 목사님이라고 칭찬하는 말씀을 들었습니다. 역시 강 목사님은 어디서나 인정받으신 목사님이셨습니다.

동네의 공적인 일에는 강직하신 분이시며, 사석에서는 배려가 많으시며 어려운 이웃에게는 따뜻한 목사님이십니다. 목회 활동이 바쁘신 중에도 마을을 위한 활동에 열심이시고, 교회 예배당을 다수가 모이는 마을 회의 장소로 사용하도록 내어주시고 마을 일이 이루어지도록 적극적으로 협조해주신 목사님입니다.

생각이 나지 않아 다 기록 할 수 없지만, 또 생각이 나도 제가 감히 목사님을 다 평가하기에 송구한 분이십니다. 헌신적인 목사님을 존경합니다.

▍2012년 10월 24일 국민일보에 소개된 교회 이야기

교회가 있는 마을은 행복하다, 마을목회

송규근 고양시 시의원

'너희가 내게 대하여 제사장 나라가 되며 거룩한 백성이 되리라 너는 이 말을 이스라엘 자손에게 전할지니라'

† 출애굽기 19장 6절

먼저, 강대석 목사님이 그간 살아온 나날과 앞으로 살아갈 지향에 관해 스스로 진솔한 글로써 정리하려는 뜻깊은 과업에 저의 부족한 졸고의 페이지도 허락해주신 점, 머리 숙여 감사드립니다.

여태껏 단 한 번도 특정 종교로 신앙생활을 해본 적 없는 저로서는 신앙을 가지고 자신이 추구하는 종교인으로서의 삶을 살아간다는 것 자체만으로도 경외감의 대상입니다. 한 번도 본 적 없고 눈에 보이지도 않는 누군가를 믿고, 그 세계의 신념을 추구하며 자신의 삶을 단련해 나간다는 것은 어쩌면 근본적으로 일반인들에 비해 보다 순수하고 선한 심성을 가진 이들이 가능한 일은 아닐까 하는 생각을 해봅니다.

또한, 각 종교에서 신앙생활을 하는 이들 중 그가 따르는 종교에서 강조하는 참된 가치와 지향, 규율들을 자신의 진짜 삶의 현장에서 진정으로 실천하지 못하는 경우가 많은 현 세태를 상기해볼 때, 저자 강대석 목사님의 일상과 언행은 우리들에게 또 하나의 자기성찰의 계기를 제공합니다.

저는 강대석 목사님의 벌말교회가 있는 화전동을 지역구로 두고 있는 고양시의 시의원입니다. 우리 사회의 힘없는 약자와 서민들을 위해 더 살기 좋은 세상을 만드는 데 바로 '착하고 올바른 정치'가 그 근간이요, 방편이 될 수 있다는 소신으로 정치의 길에 나섰습니다. 더 공익적인 일 즉, 공동체의 행복을 위해 헌신하겠다고 나선 정치의 길이었건만 막상 정치의 현장에서 대면하는 수많은 사안에 있어 진정 공동체를 위한 선택이 무엇인지, 공익과 사익의 경계는 어디까지인지 고민스러운 나날의 연속입니다.

그런데 자세히 생각해보면, 그런 저와 우리들의 주변에 바로 '강대석 목사님' 같은 분이 계십니다. 내가 아닌 우리, 마을과 지역사회의 번영과 행복을 위해 주위를 둘러보며 본인이 계신 그 현장에서부터 바로 헌신과 생활정치를 오래도록 실천하고 계신 분 말입니다.

'은둔 고수'라는 말이 있지요. 만인을 위해 더 정의롭고 나은 세상을 만들겠다고 목소리 높이는 정치계나 종교계를 비롯한 우리 사회의 여러 현장이 있지만, 실은 알고 보면, 바로 강대석 목사님과 같은 은둔 고수, 참 실천가들이 계신다는 사실을 상기하게 됩니다.

교회가 있는 마을은 행복하다, 마을목회

(구)30사단 건너편, 마을 길에 들어서면 마치 80년대 거리풍경을 연상케 하는 벌말마을이 있습니다. 109만 도시를 향해 급성장하고 있는 고양시에서, 아직도 80년대 같은 옛 풍경으로 다가오는 벌말마을을 대면하자면, 지역구 시의원으로서 늘 마음이 무겁고 송구하기만 합니다.

그런데 그런 벌말마을을 지켜주고 밝혀주고 있는 곳이 바로 강대석 목사님의 '벌말교회'입니다. 자주 찾아뵙지 못하는 벌말마을에 강대석 목사님과 벌말교회가 계시다는 것이 얼마나 든든하고 감사한 일인지 모릅니다. 혹여 같은 땅 아래, 같은 시민이건만 고양시 안에서 다른 곳에 비해 소외와 차별을 받고 있다고 생각하실 수 있는 마을 분들이 계신다면, 그 상처받은 마음을 보듬어주고 위로해주고 계신 분이 바로 강대석 목사님이시기 때문입니다.

제가 이 글을 통해 강대석 목사님의 생애와 헌신의 이력을 감히 거론하고 평하는 것은 면구한 일입니다. 그뿐만 아니라 자신을 솔직 담백하고 진솔하게 정리한다는 것은 용기가 필요한 일입니다. 그리고 그러한 일을 글로써 정리하는 작업은 무척이나 고통스럽고 지난한 일임도 잘 압니다.

하여 강대석 목사님의 행보에 저는 거듭하여 감탄과 존경의 마음을 전해드릴 뿐입니다. 우리 사회에 희망과 치유의 빛을 밝히고 계신 종교인으로서의 강대석 목사님의 삶을 진심으로 응원함과 동시에, 마을에서 직접 발로 뛰시며 진심으로 행동하고 실천하며 마을에 생기를 불어넣고 계신 마을지킴이 강대석 목사님께 머리 숙여 깊이 감사드립니다.

시의원으로서 제 아무리 바르고 열정적으로 일하고 있다고 자부해도 강대석 목사님과 같은 현장 은둔 고수분들 앞에서 저는 그저 한없이 작은 존재일 뿐임을 목사님을 통해 매번 깨닫습니다.

저도 제 위치에서 더 살기 좋은 행복 도시 고양시를 위해 계속 정진하겠습니다. 강대석 목사님을 통해 더 많은 가르침과 지도편달이 있기를 소망합니다. 더불어 자신의 삶에 대한 집필이라는 힘든 여정을 수행하신 강대석 목사님의 노고에 경의를 표합니다. 또한, 이 책이 더 많은 분께 회자되어 강대석 목사님의 이웃사랑 실천의 마음을 확산하는 데 일조할 수 있기를 바랍니다.

2021년 11월 8일
고양시 시의원 송규근 올림

민경선 경기도의원

'지혜 있는 자는 궁창의 빛과 같이 빛날 것이요 많은 사람을 옳은 데로 돌아오게 한 자는 별과 같이 영원토록 빛나리라'

† 다니엘 12장 3절

강대석 목사님, 교회와 마을이 함께하는 공동체를 일구시다

"우리 동네에 교회 없으면 안 됩니다!"

어디서나 자주 들을 수 있는 말은 아닐 것이다. '목사들은 동네를 버리고 떠나면 그만이더라'라는 잘못된 선입견에 아무도 교회에 관심을 갖지 않던 자그마한 마을에서 나오는 소리라면 더욱이 놀라운 일이 아닐 수 없다.

고양시 덕양구 화전동의 화전들 가운데 있는 화전벌말교회를 두고 마을(벌말)에 살고 있는 지역주민들이 하는 말이다.

강대석 목사님께서 시무하고 계시는 화전벌말교회는 지역주민들에게 큰 사랑을 받고 있는 교회이다. 주민들은 마을의 어렵고 궂은 일에는 언제나 앞장서 주시는 목사님과 교회가 항상 고마울 따름이라고 입을 모아 칭찬하곤 한다.

비록 50여 호의 가구가 거주하는 작은 마을이라 할지라도 어떻게 마을 주민 모두가 목사님과 교회를 이렇게 신뢰하는 일이 가능할까? 워낙에 신앙심이 두터운 사람들만 모여 사는 종교인들의 집단 마을이라면 모를까 평범한 동네에서는 분명 드문 일일 것임에 틀림없다.

더구나 알고 보면 이 마을은 목사님이 교회를 개척하던 2003년 당시만 해도 교회를 '미운 오리' 취급을 하던 마을이었다고 한다. 목사님은 그 까닭이 아마도 이 마을에서 목회하시던 대부분의 목회자분이 목회 과정에서 오래 버티지 못하고 마을을 떠나곤 했던 것이 교회가 주민들의 미움을 사게 된 것 같아 마음이 아팠다고 한다. 더구나 목회자분들이 이렇게 마을에 정착하기 어려웠던 것이 무엇보다 이 마을(벌말)이 군사보호구역에 묶여있어 그만큼 목회 환경이 열악할 수밖에 없었을 테고 그런 상황에서 목회의 사명을 접을 수밖에 없었을 전임 목회자분들을 생각하면 끝없이 마음이 아리셨다는 것이다.

그렇게 목사님들이 지역에 안착하지 못하고 떠나게 되면서 주민들은 그만큼 상처를 받게 되고 결국 '목사들은 동네를 버리고 떠난다'는 선입견을 갖게 되었으며 교회에 등을 돌리고 '미운 오리'처럼 보게 되었던 것이다. 이런 환경에서 이전의 교회가 3년 동안이나 폐쇄 상태가 되어 '창고'로 매각될 위기에 처해 있었다는 것은 어쩌면 너무나 당연한 일이었을 것이다.

그런 상황에서 목사님은 '창고' 매물로 나와 있던 교회를 매입하고 새로 문을 열기로 하였다. 닫혀있던 교회 문을 열고 수리를 하는데 아무도 관심을 갖지 않을 정도로 주민들은 차가운 시선과 냉랭한 마음으로 교회를 바라보았다. 이를 접하면서 목사님은 지역주민들이 교회에 대한 상처가 정말 크다는 것을 절감하고 우선 지역주민들의 마음을 위로 하는 것이 급선무라 생각하시게 되었다.

목사님은 교회 문을 열자마자 '예수님처럼 봉사합시다!'라는 표어를 품고 몸집 큰 교회보다는 '행복한 교회'가 되기를 기도하셨다. 자립대상교회로 재정도 넉넉하지 않았지만, 지역 '주민들과 함께 하는 교회'는 그렇게 시작되어 지금까지도 변함없이 '마을을 섬기는 교회, 마을이 필요로 하는 교회'로 든든히 자리 잡고 있다.

목사님이 벌말에 교회 문을 열면서 받았던 지역민들의 냉대를 뚫고 지금처럼 교회와 마을을 섬기기까지는 분명 많은 고난과 고통이 따랐을 것이다. 그런데도 지금의 화전벌말교회를 일구시는 것을 곁에서 지켜봐 온 나로서는 목사님을 뵐 때마다 늘 솟구치듯 일어나는 존경과 감동의 마음을 금할 수 없다.

목사님을 뵈면서 나는 가끔 성경 속에 등장하는 '요나의 사명'을 생각한다. 하나님께서 요나를 '니느웨'로 보내듯이 목사님을 벌말로 보내신 것은 아닐까? 마을을 일깨우고 마을을 살려서 '목회자의 사명은 교인들에게 하나님의 즐거움을 맛보게 하는 것'처럼 '지역주민들에게도 하나님의 즐거움을 맛보여 주기 위해' 벌말마을에 보내심을 받은 것은 아닐까?

하나님께서 요나를 이방 나라, 특히 이스라엘의 원수 나라인 앗수르의 수도 니느웨로 보내신 것은 '하나님이 선민 이스라엘 백성만을 위한 하나님이 아니라 이방인들의 하나님, 곧 온 천하 만민의 하나님이심을 보여준 것'처럼 교회를 사랑하는 사람들뿐만 아니라 교회와 가깝지 못한 사람들 또한 사랑받고 구원받아야 할 대상이라는 점에서 목사님으로 하여금 그 사명을 감당케 하신 것은 아닐까?

이제 목사님은 화전동 벌말(마을)에 없어서는 안 되는 존재이시다. 교회 또한 마찬가지이다. 그만큼 목사님에 대한 지역주민들로부터 신뢰는 두텁기 그지없다. 지역 섬김을 빼놓을 수 없는 사역의 일부라 여기시는 목사님의 헌신이 비로소 마을 주민들의 마음을 열게한 것이다.

목사님께서는 지역에 대한 사역을 더욱더 헌신적으로, 더 집중적으로 펼치기 위해 통장과 주민자치위원장으로 8년 넘어 섬기기도 하섰다. 교회를 넘어 마을을 선교지로 품으신 목사님의 큰마음이 아니면 엄두도 못 낼 일이다.

'통장과 주민자치위원장을 하면서 모든 일 하나하나가 다 하나님의 영광이 될 수 있도록 성실하게 임했다'는 목사님은 지난 2012년에 지역사회와 소외된 이웃을 섬기는 교회로 인정받아 기독교윤리실천운동에서 '지역사회와 함께하는 교회상'을 수상하였으며 이재명 경기도지사로부터 그동안의 '봉사와 선행'에 대한 표창장을 수여 받기도 하였다.

지역과 마을에 대한 그동안 목사님의 헌신은 이루 헤아릴 수 없을 정도이다. 우선 의료환경이 열악해 치료를 받을 수 없는 주민들을 위한 의료봉사와 '천사사랑방'을 마련해 제공하는 무료급식, 발마사지, 천사 가게 운영 및 '방과 후 교실', 연예인 초청 간증, 음악회, 도배봉사 등의 다양한 섬김을 실천해 오셨다.

또한, 매년 4차례(설, 추석, 성탄절, 부활절)에 걸쳐 마을 대청소를 하면서 한편으로 매년 한 차례 교회 주관 하에 '화전사랑 바자회'를 열어 수익금 전액을 이웃들과 나누고, 40가정에 반찬도 전달한다.

특히 '벌말 사랑의 쌀독'을 24시간 개방하여 누구나 필요한 만큼 가져갈 수 있도록 운영하고 있다. '사랑의 쌀독'은 이용자들의 마음을 배려해 별도의 창고를 만들어 그 안에 설치하는 등 세밀한 부분도 촘촘히 고려하는 등 곳곳에 목사님의 사랑이 가득 배어 있음을 볼 수 있다.

목사님은 코로나 19가 창궐하면서 주민들이 불안감을 호소할 때 주저 없이 예배를 온라인으로 전환하기도 하는 등 지역과 마을을 배려하는 데에선 어떤 일도 마다치 않으신다.

목사님의 헌신을 통하여 일구어낸 '교회와 마을이 함께하는 공동체'인 화전 벌말은 '우리 동네에 교회 없으면 안 됩니다!', 또 화전벌말교회는 '우리는 지역에서 사랑받는 교회입니다!'라고 자신 있게 서로 화답하는 멋진 운명 공동체로 함께 살아가고 있다.

이제 목사님께서 목회의 일선에서 물러나시겠다고 하신다. 교회와 마을 섬기기에 일생을 헌신해 오시는 동안 어느새 은퇴를 맞이하게 되시는 것이다. 목사님과 벌말(마을), 화전벌말교회가 한 몸처럼 살아온 기간이 20여 년이다. 그렇기에 사실 목사님이 안 계신 마을과 교회는 상상이 되지 않는다. 하지만 한편으로는 그 오랜 세월을 거쳐 온 목사님의 모든 흔적이 교회와 마을에 흔들림 없이 온전히 살아 있으리라 생각하기에 아쉬운 마음을 추스른다.

돌이켜보면 내가 처음 목사님을 뵌 것이 2010년 5월 무렵이었으니 목사님과의 인연도 어느덧 10년을 훌쩍 넘기는 긴 시간이 되었다.

나는 당시 제8대 경기도의원선거에서 통합민주당의 후보로서 선거 운동을 하면서 선거구 내에 있는 화전벌말교회를 찾았던 것이 목사님과의 첫 인연이 되었던 것이다.

이후 두 번의 선거를 더 치르면서 나는 3선의 경기도의원으로 의정 활동에 임하고 있다. 12년 동안 의정 활동을 하면서 목사님께 참많은 도움을 받았고 많이 배우면서 감동하고 존경해 왔다. 목사님은 그렇게 사랑을 베푸시고 또 사랑받으시면서 많은 사람들에게 귀감이 되는 목회 사역을 감당해오셨다.

이제 비록 목사님께서는 은퇴의 과정을 거치시지만, 교회와 마을을 움직여 온 그 헌신과 열정은 끝없이 함께하실 것을 믿어 의심치 않는다.

목사님, 수고하셨습니다. 그리고 감사합니다.

2021년 12월 8일
3선 경기도의원 민경선 올림

박명하 인근 목자교회 목사

'디두모라고도 하는 도마가 다른 제자들에게 말하되 우리도 주와 함께 죽으러 가
자 하니라'

† 요한복음 11장 16절

오늘의 파라볼라노이!

'파라볼라노이!' 이는 초대교회 안에 있었던 직분의 칭호로 '위험
을 무릅쓰는 자'라는 의미입니다. 이 칭호에 얽힌 이야기는 우리에게
감동을 줍니다. 주후 251년 말에 엄청난 전염병이 돌면서 수많은 사
람이 죽어 나가고 시체가 도시에 쌓여있었는데 그때는 디시우스 황
제에 의해서 기독교인들이 이교도들에게서 심한 박해를 받았던 때
였습니다. 전염병이 돌면서 죽은 사람들의 시체가 쌓이자 부유한 이
교도들은 전염병을 피해 모두 도망을 쳤습니다. 이때 북아프리카의
주교였던 키프리안은 전염병이 도는 위험한 상황 속에서 그리스도인
들에게 핍박하는 이방인들에게 사랑을 실천할 수 있는 좋은 기회가
주어졌다고 가르쳤습니다. 이 가르침을 따라 그리스도인들은 전염병
에 걸려 죽을 수도 있는 위험을 무릅쓰고 동료 그리스도인들에게 뿐
만 아니라 그리스도인을 핍박하던 이교도들에게 진정한 사랑을 보이

게 됩니다. 그리스도인들이 죽음에 대한 두려움 없이 진정한 사랑을 실천하는 것을 본 이교도들이 이들에게 붙여준 칭호가 '파라볼라노이'라는 칭호입니다.

화전벌말교회와 강대석 목사님을 곁에서 대하면서 밀려오는 감동을 한마디로 표현하라 한다면 저는 '오늘의 파라볼라노이'라는 칭호로 표현하고 싶습니다. 그 이유는 군사보호구역, 개발제한구역, 그린벨트에 묶여있고, 행정구역과 생활권이 이원화(서울과 경기도의 경계지역)된 소외되고 낙후된 곳, 모두가 기피하고 피하여 도망가고픈 곳에 들어가 그곳 마을 사람들에게 '우리 동네 교회 없으면 안 됩니다!'라는 감동적인 고백을 듣는 교회를 세웠기 때문입니다.

화전벌말교회의 홈페이지 공식 명칭이 '향기로운 꽃밭'입니다. 사도 바울은 '우리는 구원 얻는 자들에게나 망하는 자들에게나 하나님 앞에서 그리스도의 향기니'(고후 2:15)라고 말합니다. 성경에 향기라는 말을 사용할 때는 대부분이 '제물의 향기'를 뜻합니다. 이 제물의 향기는 하나님 앞, 즉 제단에서 드려지는 향기입니다. 따라서 '하나님 앞'이라는 말은 곧 제단을 의미합니다. 그러므로 우리를 하나님 앞에서 그리스도의 향기라고 했을 때 그것은 곧 우리 자신이 하나님의 제단에 드려지는 제물의 향기가 되어야 함을 뜻합니다. 이 말은 우리 그리스도인들이 가는 어느 곳이든, 있는 어느 곳이든 그곳이 바로 하나님 앞에 드려지는 제단이라는 것입니다. 학교에 가면 학교가 제단이고, 직장에 가면 직장이 제단이고 가정에 돌아오면 가정이 하나님 앞에 드려지는 제단이 되어야 한다는 의미입니다.

솔선수범, 종으로서의 섬김, 성육신적 소통, 온전한 헌신, 아름다운 동역, 긍휼의 사랑이 만들어 낸 '향기로운 꽃밭' 화전벌말교회는 아무도 돌아보지 않는 모두가 외면하는 곳에 들어가 자신을 온전한 제물로 불태워 감동적인 향기로 날마다 하나님께 드려지는 거룩한 산제사의 생생한 현장이요, 한 알의 썩은 밀알처럼 자신의 생명을 내어줌으로 30배 60배 100배의 행복의 신비를 벗기는 실험실입니다.

'우리 동네 교회 없으면 안 됩니다!' 이 새로운 칭호는 이렇게 날마다 자신을 온전히 드리는 산제사의 현장에서 진동하는 향기에 감동받은 이교도들이 화전벌말교회에 붙여준 '오늘의 파라볼라노이' 칭호입니다. 함께 하면 행복한 사람, 마을 공동체에 없어서는 안 될 교회, 진정 닮고 싶은 사람이요 교회입니다. 초기 기독교는 엄청난 박해 가운데서도 죽음을 무릅쓰고 사랑을 실천한 파라볼라노이에 의해 부흥할 수 있었습니다.

'오늘의 파라볼라노이!' 이는 공신력이 떨어지고 선교가 막힌 심각한 위기를 경험하고 있는 오늘의 기독교가 새로운 형태의 박해를 이겨내고 승리할 수 있는 멋진 비전입니다. 교회가 있는 마을은 행복

교회가 있는 마을은 행복하다, 마을목회

하다는 부제가 붙은 '마을목회'의 귀한 책을 통하여 감동을 받은 이 교도들이 스스로 교회로 몰려드는 새로운 꿈을 꾸어봅니다. 향기로운 꽃밭을 일구느라 헌신하신 목사님과 사모님, 그리고 화전벌말교회의 모든 교우님을 사랑하고 축복합니다.

2021년 12월 10일

늘 곁에서 아름다운 향기를 맡을 수 있어 행복한
목자교회 목사 박명하

Part 3을 마치며

연합회 활동 인맥자산이 마을목회로 이어지다

'보라 형제가 연합하여 동거함이 어찌 그리 선하고 아름다운고 머리에 있는 보배로운 기름이 수염 곧 아론의 수염에 흘러서 그의 옷깃까지 내림 같고 헐몬의 이슬이 시온의 산들에 내림 같도다 거기서 여호와께서 복을 명령하셨나니 곧 영생이로다'

† 시편 133편 1-3절

　　고향에서 특별하게 할 일이 없었던 나는 서울로 오게 되었고 서울에서 처음 출석하게 된 교회가 종암중앙교회다. 나에게 종암중앙교회는 제2의 신앙의 모판이다. 모태 신앙인으로 어려서 예수님이 나를 안고 밤을 지새우고 새벽이면 나를 내려놓고 가신 꿈으로 인해 하나님이 살아계신다는 것과 그 하나님이 나를 지켜주신다는 것을 믿었으나 그 사실을 잊고 지냈던 때가 많았다. 그러나 종암중앙교회에서 소년부 교사를 하면서 성경학교를 앞에 두고 금요일 밤마다 도봉산 제일기도원에서 철야 기도를 하면서 다시 하나님을 만났다. 밤새워 기도하고 낮에는 일을 해도 피곤한지 몰랐다. 얼굴빛은 광채가 났고(다른 사람들이 보고 하는 말), 전도하고 싶은 마음, 학생들을 사랑하는 마음으로 가득하여 야구부도 만들었고, 이 교회에서 아내도 만났고, 결혼도 하게 됐다. 또 첫째 딸 지성(정희)이도 얻게 됐다.

행복만 있을 것 같았던 가정과 사업에 어려움이 찾아왔다. 물론 나의 교만과 방탕함의 결과이다. 그렇게 사업이 어려워지면서 사람들이 미워지고, 환경의 변화를 바라며 제주살이를 하게 됐다.

1년간 제주살이를 마치고 돌아온 곳은 고양시에 있는 용두동 처가였다. 당시 처가의 장인, 장모님은 응암동 대림 시장에 있는 대림교회에 출석하고 계셨다. 대림교회 이병호 목사님은 종암중앙교회에서 청년부를 지도하시다. 응암동에 교회를 개척하여 오셨는데 이런 인연으로 대림교회에 출석을 하게 되었다. 그런데 무슨 사연이 있었는지 기억은 나지 않지만, 장인과 장모님 그리고 우리 식구 모두 중산교회(나중에 화전제일교회로 개명)로 이적하게 되었다. 1986년으로 기억한다.

중산교회에서 아동부 부장을 맡아 10년을 봉사했는데 이 기간 동안에 아동부연합회 활동을 하게 되었다. 1988년 응암교회 박장규 장로님이 아동부연합회 회장을 맡고 나서 각 교회 아동부 부장들에게 전화해서 연합회 활동을 하도록 이끌어내신 것이다. 그때부터 우물 안 개구리와 같았던 나의 신앙생활은 다른 교회, 다른 교인들을 보면서 신앙의 안목도 커지고 인맥도 쌓여갔다.

아동부연합회 활동을 하던 중 1995년에는 서울 서북노회 아동부연합회 회장을 맡게 되었고, 같은 해 서울시 연합회 부회장을 겸임하며 활동을 하였다.

2002년에는 서울시 연합회 총무로 활동했는데 이때 교계의 훌륭하신 목사님들과 장로님들을 많이 만나게 되었다. 이들 중에는 교계에서뿐만 아니라, 학계에서도, 경제계에서도 각 분야에서 존경을 받으며 활동하신 분들이 많았다. 이때 만난 이들은 후에 교회를 개척하고 자립을 하기까지 도움을 주신 분들이 많다.

또 아동부연합회 출신 중에 전국 남선교회 회장을 역임하신 분도 많고, 전국 장로회 회장을 역임하신 분도 많고, 총회 회계나 임원으로도 활동하신 분들이 많아 자랑스럽게 생각한다.

그 무렵 우리 서울서북노회 아동부연합회는 강원동노회 아동부연합회와 자매결연을 맺고 있었는데 격년제로 순환 방문을 하는 형태의 교류를 했다. 서울의 아이들이 강원도를 방문하여 현장 견학과 체험으로 휴식과 학습의 기회를 얻었고, 다음 해에는 강원도의 아이들을 서울에 초청하여 서울의 명소(국회, 방송국, 놀이시설 등)를 방문하여 꿈을 키우는 의미 있는 일들을 진행했다.

내가 회장을 하던 1995년에는 강원도 어린이들과 인솔 교사 30여 명을 서울에 초청하는 해인데 견학 일정과 숙소(광암교회 이상섭 목사)는 정해졌는데 행사 며칠 전까지 재정이 부족하여 선물을 준비

교회가 있는 마을은 행복하다, 마을목회

하지 못할 형편이었다. 우리가 강원도에 가면 귀빈 대접을 받고 선물도 받아오는데 우리는 빈손으로 보낸다면 회장의 면이 서지 않을 상황에 처한 것이다. 당시 연합회 부회장이었던 김삼문 집사와 상의하여 구산교회 홍승범 목사님을 찾아뵙고 사정을 말씀드렸더니 구산교회에서 선물(탁상시계)을 마련해 주시겠다고 하여 난감한 상황을 면하게 된 일이 있었다. 이렇게 연합회 활동을 하다가 만난 분들은 지금까지 나의 마을목회사역에 큰 도움이 되셨다.

다음 파트 2장 제5강의 동반성장의 원리에서 언급한 교회나 개인들은 대부분 아동부연합회 활동을 하면서 만났던 분들이다.

이런 인맥을 이야기하는 것은 결국 교회는 교제이고, 만남이고, 연합이고, 마을목회의 기본이 되기 때문이다.

Part 4

강대석 목사의
마 을 목 회
세 우 기 7 강

사랑하는 후배들이여
마을목회 이렇게 해보라

▎화전동 반찬 나눔, 왼쪽 네 번째 필자

▎김장 나눔 행사 오른쪽 끝이 필자

▎독거노인 나들이 행사 오른쪽 끝이 필자

교회가 있는 마을은 행복하다, 마을목회

마을목회는
교회의 본질이다

'이르시되 우리가 다른 가까운 마을들로 가자 거기서도 전도하리니 내가 이를 위하
여 왔노라 하시고'

† 마가복음 1장 38절

마을목회란

김영순 교수는 마을에 대해 정의하기를 '마을은 우리의 마음을
담고 있는 공동체이다. 우리가 터 잡고 살아가는 가장 실질적인 일상
생활의 둘레'라고 한다.

성석환 교수(장로회 신학대학-기독교와 문화)는 마을목회란 '사회
적 고통과 어둠을 극복하기 위해 마을에서, 지역에서, 동네에서 공
동체에게 허락한 물적, 인적, 자원들을 동원하는 것'이라고 한다.

정재영, 조성돈 공저『더불어 사는 지역공동체 세우기』pp.31-32
에서 '교회가 지역공동체를 형성하는데 주요한 주체가 될 수 있는데
그 이유는 교회가 지닌 문화자원 때문이다. 개인 안에 내재하는 하
나님의 성품을 가정하고 타인에 대한 헌신이나 돌봄 등의 윤리를 강

조하는 것은 기독교 교리 안에서 본래부터 내재한 것들이다. 따라서 사회의 공공성 실현이라는 과제는 교회가 전통적으로 가지고 있는 교리 가운데 하나다. 그러므로 교회는 그 지역사회의 문제와 직접 연결되어 있다. 교회 실존의 근거가 바로 지역사회이다'라고 한다.

손봉호 교수(기윤실 명예총재)는 교회사적으로 교회가 이렇게 타락한 시대는 없었다며 이제라도 마을 공동체 속에 서 있는 교회로서 마을 사람들의 아픔을 어루만지며 마을 공동체의 일원이 되어야 한다고 말한다. 교회와 목사로서 섬김의 모습으로 우리의 해야 할 일을 묵묵히 해야 할 일을 반성하며 하자는 것이다. 그러다 보면 그래도 우리 마을의 교회는 교회다운 교회야, 목사다운 목사네 하고 기억될 수 있다. 그렇게 마을의 교회, 마을 주민들의 이웃이 되는 것이 마을목회의 출발점이라고 하며 마을목회의 중요성과 긴급성을 말한다.

현장 경험자들의 제안

오필승 목사(신동교회, 예장마을 만들기 네트워크 위원장)은 '교회가 지역사회에 존재하는 목적이 교회 성장이나 교회에 들어오는 사람만이 구원받는다'가 아니며 '마을 주민을 위한 마을목회', '마을 주민의 행복을 위한 마을목회'로 패러다임을 전환하는 것이 마을목회라 한다. 아울러 신학적으로 볼 때 세상 속으로 향하는 교회의 선교적 방향성을 현재 한국교회가 직면한 위기를 극복하기 위한 역설적 도전으로 제시한다.

이원돈 목사(부천 새롬교회, 예장마을 만들기 공동대표)

교회사를 보면 100년도 안 된 예루살렘교회는 역사 속으로 사라졌고, 안디옥교회가 최종적으로 살아남았는데 예루살렘교회는 율법에 묶여 새로운 시도와 표현을 하지 못했기 때문이다. 안디옥교회는 율법을 철폐하고 이방인에게 나아가 서로 다른 것을 넘어 세상 속으로 나아갔다.

전도를 위해 커피를 들고 나가서 사람들에게 호의를 베풀고 사회적 약자를 향해 구호의 손길을 내미는 것, NGO에 참여하는 것, 동네 사랑방이 되는 카페를 운영하는 것, 동네에 작은 도서관을 운영하는 것, 쉐어 하우스 등 오늘의 교회가 그렇게 해야 한다. 고한다.

배승룡 관장(신곡실버센터)

작금의 마을 만들기— 사람 간의 관계를 살리고, 지역공동체를 살리는— 또는 마을만의 독특성과 전통, 문화 등을 유지시키는 것이 아닌 그냥 사업비를 얻어내고 행정 치적용으로 전락하여 정작 마을공동체간의 관계를 훼손시키는 역작용을 생산해 내는 사업이 되면 안 된다고 역설한다.

학자들의 제안

성석환 교수(장로회 신학대학—기독교와 문화)는 "세상 속으로의 마을목회는 한국의 시민사회와 함께하지 않으면 향후 한국교회는 사회적 타자로 남을 수밖에 없다"고 한다. 마을목회는 지금 사회가 간절히 소망하는 '더 정의로운 사회', '더 공평한 세상'을 교회가 제일 잘할 수 있다고 선언하는 것이다.

교회의 마을목회는 '민족의 동반자'가 되는 것이다. 그런 의미에서 마을목회는 우리 민족이 현재 직면하고 있는 시대적 과제에 책임적으로 대응하기 위한 가장 좋은 선교의 수단이라고 할 수 있다.

마을목회는 교회 중심적 전통을 벗어나는 것이다. 하나님이 독생자 아들 예수를 내어주시기까지 사랑했던 그 세상, 그 세상에서 고통받고 살아가는 이들을 하나님의 마음으로 사랑하고 섬기는 것이다.

목회자 중 일부는 마을목회 프로그램을 진행함에 지방정부의 공모사업에 신청하여 선정되어 그 프로그램을 진행하는 경우가 있는데 수혜자들은 고마운 마음으로 그 혜택을 받을는지 모르겠지만, 밖에서 보는 시선은 순수한 선행으로 보지 않고 지원비 사용의 투명성에 오해하는 사람들도 있다. 그런 의미에서 목회자의 주도로 정부의 지원을 받아 마을목회 프로그램을 진행하는 것은 썩 바람직스럽지 않다고 생각한다.

한국일 교수(장로회 신학대학 선교학)는 지금까지 한국교회는 철저하게 개교회 중심과 지역사회로부터 분리된 교회론을 지향하였으며 지역사회에서 전도는 하지만 지역사회에 관심은 없는 '친교 없

는 전도와 선교' 활동을 해 왔다고 지적한다. 이런 자기중심적 교회
는 성장 시기(지역사회로부터 교회가 신뢰받는 시기)에는 문제가 되
지 않았고 문제로 노출되지 않았다. 그러나 저성장시대로 들어가면
서 지역사회로부터 개교회가 분리되어있는 상황에서는 다르다. 이제
교회는 오게 하는 구조에서 가는 구조로 패러다임을 바꿔야 한다고
주장한다.

교회의 존재 이유와 목적은 선교이며 선교는 어떤 활동이나 프로
그램 이전에 교회의 본질적 이해로부터 출발한다. 교회는 본질적으
로 세상을 향해 열린 선교 공동체라는 인식에서 출발한다.

화전벌말교회는
기운실 선정 지역사회와 함께하는 교회상을 수상할 때 인터뷰에
서 목회자의 교회와 사회복지에 대한 비전을 묻는 질문이 있었다.

나는
1. 주님의 새 계명은 하나님 사랑, 이웃사랑이다. 사회복지는 주님
의 명령에 순종하는 이웃사랑이라고 생각한다.
2. 우리교회는 '우리 동네는 우리가 책임진다' 구호를 외치며 교인
들만을 위한 목사가 아니라 동네의 목사가 되어야 한다고, 믿고, 가
르치고, 실천하고 있다.
3. 선한 손을 펴 교회가 교회다운 모습을 보일 때 영혼구원의 목

적을 이룰 수 있다고 생각한다. 그러므로 교회의 사회복지는 교회의 존재 이유라고 답했다.

우리 교단 총회는 102회기(2017년) 총회 주제를 '거룩한 교회 다시 세상 속으로'라는 주제를 정하고 세상에 관심을 갖기 시작했다. 여기서 세상은 마을이며 마을목회를 통해서 이웃과 민족의 희망이 되는 교회가 되자는 것이었다. 먼저 소개한 학자들과 현장 실천가들의 마을목회 개념이나 제안도 이때부터 본격적으로 논의되기 시작했다. 이어서 103회기(2018년) 주제를 '영적 부흥으로 민족의 동반자 되게 하소서'라는 주제를 정하고 정책적으로 세미나와 활동을 실행했지만 늦어도 너무 늦은 정책이었다고 생각한다.

나는 마을목회라는 말이 회자되기 전부터(내가 알지 못했는지 모르는 일이지만) 이미 교회의 본질과 교회에 대한 사회적 심각성을 인지하고 신학을 할 때부터 마을목회를 꿈꾸어 왔고 2003년 12월 교회를 개척하면서 교회 간판을 제작할 때 교회 이름 위에 '선한 손을 펴 교회를 교회되게 하는 화전벌말교회'라는 구호를 적어 넣었다. 이 구호 안에 마을목회의 모든 것이 함축적으로 들어있다고 생각한다.

예배당 실내에도 창문을 통해 들어오는 햇빛을 가리기 위해 창문 6개에 커튼을 부착해서 햇빛을 가렸는데, 각각 1. 사랑은 동사다. 2. 우리 동네는 우리가 책임진다. 3. 심는 대로 거둔다. 4. 교회는 축복

교회가 있는 마을은 행복하다, 마을목회

의 통로다. 5. 전도는 면류관이다. 6. 최선을 넘어 전부로라는 문구를 인쇄하여 2016년 교회를 신축할 때까지 부착하여 그 정신을 실천하려고 했다.

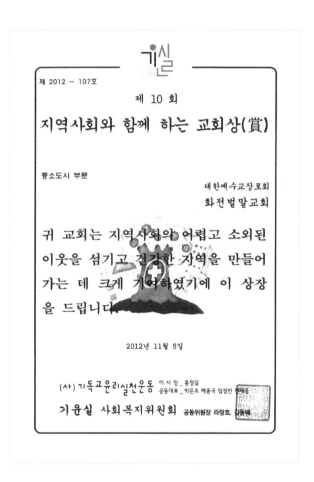

교회가 있는 마을은
행복해야 한다

'그러므로 너희는 여러 교회 앞에서 너희의 사랑과 너희에 대한 우리 자랑의 증거를 그들에게 보이라'

† 고린도후서 8장 24절

빛의 사명을 감당하는 교회

교회가 무엇이기에, 또 교회가 마을에서 어떤 일을 하기에 교회가 있는 마을은 행복할까? 그것은 교회는 세상의 빛이기 때문이다. 교회는 구원의 통로이기 때문이다. 교회가 빛을 전하고, 교회가 구원을 선포한다. 그러므로 빛과 구원을 전하는 교회가 마을에 있다면 그 마을은 당연히 행복한 것이다.

하나님은 '세상을 이처럼 사랑하사' 독생자를 보내어 십자가를 지게 하셨다. 예수님은 세상을 심판하러 오신 분이 아니라 세상에 생명을 주시기 위하여 오셨다. 빛이신 예수님은 어두운 세상을 비추는 참 빛이요, 사망의 땅과 그늘에 앉은 백성에게 비취는 생명의 빛이시다. 그리스도는 이 어둠의 세상 구석구석까지 생명의 빛을 비추어 하나님의 통치가 온 세계에 미칠 수 있게 하려고 오신 분이시다.

모든 생명은 빛을 필요로 한다. 그런 의미에서 빛은 생명의 근원이다. 우리 예수님께서 세상에 오실 때 빛으로 오셨다. 또 예수님께서는 우리들(교회)을 향하여 '너희는 세상의 빛이다'라고 하셨다.

어둠은 죽음과 절망의 상징이다. 그런데 빛이신 예수님께서 세상에 오심으로 어둠을 벗겨 내시고, 광명한 세상으로 만드셨다. 그래서 사도 요한이 '나는 세상의 빛이니 나를 따르는 자는 어둠에 다니지 아니하고 생명의 빛을 얻으리라'고 주님의 말씀을 증언한 것이다.

이렇게 빛의 사명을 감당하는 교회 즉 예수의 빛이 있는 교회를 통해 빛이 되신 예수 앞에 나온 사람들은 그들 속에 있는 어둠을 몰아내고, 광명한 세상을 얻게 됨으로 교회가 있는 마을은 행복한 마을인 것이다.

그러므로 교회는 언제나 세상에 있어야 하고 변함없이 세상에서 빛을 발해야 한다. 아낌없이 태우며, 주고 베풀어야 한다. 왜냐하면, 빛은 속성상 자기를 태우지 않으면 빛을 발할 수 없기 때문이다.

교회가 빛을 발할 때 세상은 빛으로 나옵니다
이사야 60장 3절에서 '나라들은 네 빛으로, 왕들은 비치는 네 광명으로 나아오리라'라고 했다.

곧 교회가 세상에서 빛의 사명을 감당하면 마을에 행복한 일들이 일어나는데 왕들과 나라들은 비로소 생명을 얻고, 평화를 회복하고, 하나님의 뜻이 이루어짐으로 하나님의 영광을 보게 된다.

구원의 사명을 감당하는 교회

임석영은 '교회목회의 실제'의 리포트에서 교회의 세상에 대한 목회를 예수 그리스도의 성육신을 모델로 제시하며 설명을 한다. 즉 역사 속에 예수 그리스도를 보내심으로 하나님은 그의 아들을 통하여 '하나님 나라' 운동을 전개시킨 것이다. 그리고 예수 그리스도의 하나님 나라 운동은 곧 이 세상과 역사를 향하신 하나님 사건의 현장화이다. 따라서 예수가 이 세상에 오셔서 보여주신 하나님 나라 운동을 바르게 파악하는 일을 그리스도인들의 지역사회에 대한 사회봉사와 참여에 대한 입장을 규정하는 데 있어 중요한 역할을 할 것이라고 한다.

먼저, 말씀이 성육신된 자체가 하나님의 역사의 참여이며 하나님의 사회참여 행위라 할 수 있다. 우리가 사는 역사적 사회현장은 하나님이 자기 아들을 보내시고 십자가의 고난을 받게끔 할 만큼 중요한 하나님의 계시 활동의 결정적인 장소이다. 따라서 인간과 인간이 사는 세상은 하나님의 사랑과 활동의 중요한 대상이다.

이 세상은 어서 빨리 탈출해야 할 장소가 아니라 하나님의 역사가 일어나는 최전선이라고 말할 수 있다. 그리고 하나님의 주권이 개인의 삶에서, 이웃과의 관계에서, 사회적이고 국가적인 맥락에서 세워지고 확장되어야 하는 것이다.

눅4:18-19절 말씀은 '주의 성령이 내게 임하셨으니 이는 가난한 자에게 복음을 전하게 하시려고 내게 기름을 부으시고 나를 보내사 포로 된 자에게 자유를, 눈먼 자에게 다시 보게 함을 전파하며 눌린 자를 자유롭게 하고 주의 은혜의 해를 전파하게 하려 하심이라 하였더라' 이 말씀은 메시아로 오신 예수님이 하실 일을 증언한 말씀이다.

예수님은 병든 자와 나그네 된 자들, 귀신들린 자들과 죄의 노예가 되어 있는 사람들, 상처와 고통으로 신음하는 이들, 눌린 자들과 가난한 자들을 구원하여 하나님의 생명으로 가득하게 하시는 분이시다. 그러므로 우리 주 예수 그리스도는 어디든지 그분이 필요한 곳을 찾으실 것이요, 하나님의 교회에게 그곳으로 찾아가 하나님의 돌보심으로 그들을 돌보라고 촉구하시는 분이시다. 하나님은 우리 그리스도인들과 함께 세상 속으로 들어가 그들을 섬기며, 그들을 해방시키며, 그들을 구원하여, 하나님의 풍성한 생명으로 채우기를 원하신다. 교회가 이 사명을 감당하는 기관이니 교회가 있는 마을은 행복하다.

'한국기독교사회문제연구원의 제6회 기독교 논단 주제발표' 발표자 김성재 교수(한신대 교수, 아우내재단 이사장)도 한국교회의 나아갈 길 세 번째 제안에서 한국교회는 주리고, 목마르고, 헐벗고, 매맞고, 감옥에 갇히고, 병든 우리의 이웃으로 오시는 예수를 볼 수 있는 믿음의 눈을 가져야 한다고 제안을 했다.

세상이 어둠 속에서 고통당하고, 신음하고, 방황할 때 교회가 그 길을 바르게 제시하고, 안내하고, 인도해야 한다. 그래서 위로할 자가 없어 탄식하고, 절망 속에서 아파하며 눈물 흘리는 백성들을 위로하는 교회가 되어야 한다. 그럴 때 그곳에서 주의 영광을 나타낼 수 있게 된다.

마크 데버는 '어떤 사람이 그리스도인이라면 그 사람은 영적인 성숙만을 위해 교회를 찾지는 않을 것입니다. 그 사람이 지역교회의 일원이 되는 이유는 그것이 그리스도께서 이루신 일, 즉 우리를 그리스도의 몸의 지체로 삼으신 것을 표현하는 일이기 때문입니다'라고 했다.

그렇다. 교회와 성도는 마을과 함께하면서 마을을 행복하게 해야 한다.

『21세기 교회개척』을 비롯 40여 권의 교회개척 지침서를 저술한 홍용표 박사 (풀러신학교 선교학)는 '왜그너교회개척성장연구원'(원장 이상대 목사) 주최로 서울 서광교회에서 열린 세미나를 통해 교

교회가 있는 마을은 행복하다, 마을목회

회개척 희망자들이 필수적으로 고려해야 할 준비사항 7가지를 제시했는데 그중 6번째 주제가 '지역사회를 위한 봉사프로그램을 마련한다'였다.

교회가 지역사회를 안다는 것은 어떻게 보면 교회와 어울리지 않는 일처럼 느껴지기 쉽다. 하지만 교회가 그 사회에 대하여 알지 못하고 그 사회에서 빛과 소금으로서의 영향력을 끼친다는 것은 있을 수 없는 일이라고 생각한다. 그러므로 교회가 그 지역사회를 아는 일은 필수적이라 하겠다.

part 3 마을목회의 감동스토리를 통해 그들의 생생한 이야기를 기술했듯이 part 2 제2강에서 섬김의 원리에서 기술한 바와 같이 우리 교회는 구제, 섬김, 봉사, 선교 등 교회의 사명을 다 하려고 노력했다. 마을에서 빛과 소금의 사명을 다 하려고 힘을 다했다.

교회는 주님의 몸이다. 그의 몸인 교회가 주님이 인류에게 하신 것처럼 교회의 사명을 감당하는 한 마을이 행복한 것은 당연하다.

성경 속 교회의 이름은 마을의 이름이다. 교회 이름이 마을의 이름이라는 의미는 교회는 세상에 있어야 하고 세상에서 빛을 발해야 한다는 뜻이다. 다시 말하면 교회는 세상의, 세상에 의한, 세상을 위한 교회여야 한다.

교회(성도)는 세상에서 빛을 발해야 한다. 교회가 세상을 등져서는 안 된다. 성도가 세상을 거부하거나, 세상을 멀리해서는 안 된다. 반드시 세상 속에 있어야 하고, 세상에서 빛을 발해야 한다. 그래서 어둠의 세상을 밝은 세상으로 변화시켜야 한다.

하나님의 뜻이 하늘에서와 같이 땅에서 이루어지는 마을목회는 마을을 행복하게 할 뿐만 아니라 영혼을 구원하는 계기도 된다.

아름다운 교제가
마을을 행복하게 한다

'너희를 불러 그의 아들 예수 그리스도 우리 주와 더불어 교제하게 하시는 하나님
은 미쁘시도다'

† 고린도전서 1장 9절

사람과 더불어 자연과 더불어

차 한 잔의 미소

시인 김성돈

사람과 더불어, 자연과 더불어

따뜻한 찻잔에 은은한 미소를 가득 담아 마신다

녹색 바람 불며 솔솔 숨 쉬는

기분 좋은 향기 좋은 사람과 함께 어우르며

두 손 모두어 한 모금 한 모금 마시면

혀끝에서 가슴 속까지 파란 꿈이

춤을 추고 활짝 웃으며 파릇파릇 깨어난다

사람과 더불어, 자연과 더불어, 차 한 잔이라도 좋은 사람과 함께 어우르며 마시면 행복이 두 배나 된다는 의미로 해석했다. 인간을 정의하는 여러 정의 중에 인간을 사회적 동물이라고 정의한 사람도 있다.

가장 행복한 사람

유태인의 잠언에 이런 질문이 있다. 세상에서 가장 중요한 사람이 누구인가? 세상에서 가장 지혜로운 사람이 누구인가? 세상에서 가장 행복한 사람이 누구인가? 세상에서 가장 중요한 사람은 지금 만나고 있는 사람이고, 세상에서 가장 지혜로운 사람은 누구에게나 배우는 사람이며, 세상에서 가장 행복한 사람은 누군가를 사랑하고 있는 사람이라고 답한다.

인간이란, 사람과 사람과의 관계를 하면서 사는 동물이다. 사람을 만날 때마다 사랑하는 눈빛을 가득히 담아서 보내자. 인간으로서 존중을 표하자. 그러면 만남의 축복을 즐기면서 가장 행복한 사람이 될 것이다.

교회의 본질은 행복한 교제에 있다. 교회가 무엇인가를 잘 알아야 한다. 교회의 본질을 모르고 목회를 하는 사람은 없을 것이다. 다만 교회의 본질을 벗어나는 것이 문제다. 그러면 교회의 본질이 무엇인가?

교회의 본질을 물을 때면 한스 큉을 빼놓을 수 없다. 한스 큉은 그의 교회론을 축약적으로 표현하여 하나님의 백성으로서의 교회, 그리스도 몸으로서의 교회, 성령의 피조물로서의 교회라고 정의한다. 한스 큉은 이것을 교회의 근본구조라고 하며 교회의 본질은 확실히 성도의 교제라고 한다. 그 이유는 교회의 본체는 분명히 성도들로 이루어진 모임이기 때문이라는 것이다.

1) 하나님의 백성으로서의 교회

한스 큉은 하나님의 백성으로서의 교회를 다음과 같이 강조하여 말한다. "교회는 항상 그리고 무엇보다 먼저 전체로서의 하나님의 백성이며, 전체로서 에클레시아이며, 전체로서의 신자들의 공동체이다. 모두가 선택된 민족이며, 왕 같은 제사장이며, 거룩한 백성이라고 한다."

2) 그리스도의 몸으로서의 교회

또 한스 큉은 그리스도께서는 그 몸을 우리에게 주셨다. 그는 우리를 위해 오셨고, 또 죽으셨다. 우리는 세례를 통하여 우리의 모든 과오에도 불구하고 오셔서 죽으시고 부활하신 그리스도와 연합하며, 성만찬 예식에서 그것을 확인하면서 이것을 감사하며 기념한다. 교회는 세례와 성만찬의 공동체다. 성만찬에서 떡은 하나이며, 우리의 숫자가 아무리 많아도 그 하나의 떡을 나누며 그 하나의 떡에 참여한다. 이렇게 그리스도의 몸을 먹는 사람은 한 몸이신 그리스도를 통하여 한 몸으로 결합된다.

3) 성령의 피조물로서의 교회

성령에 대하여 우리는 단적으로 '하나님의 영'이라고 말해야 한다. 교회는 성령의 전이며, 여기에 모인 신자들은 건축물로 지어지는 사람들이다. 교회는 이렇게 성령에 의존하여 세워지며 또 존속한다.

그래서 한스 큉은 교회의 본질을 성도의 교제라고 한다.
교회의 본질을 연구해 보면 그 중심에 교제가 있다.

한국기독교사회문제연구원의 제6회 기독교 논단 주제발표에서 김성재 교수(한신대 교수, 아우내재단 이사장)는 '한국교회의 나아갈 길'에서 첫째, 한국교회는 무엇보다도 교회와 사회, 거룩한 것과 속된 것, 신앙과 정치, 영의 생활과 육의 생활 등으로 나누는 이원론적인 신앙을 극복해야 한다. 본래 이원론적인 신앙은 성서적 신앙이 아니라 희랍종교 신앙이다. 오늘 서구교회가 퇴락한 근본 원인은 희랍종교의 이원론 신앙을 기독교 신학과 신앙의 근본으로 삼았기 때문이다. 한국교회는 이 사회와 세계를 부정하고 도피하는 이원론의 신앙을 극복하여 한국사회와 세계에 희망을 주는 생명력 있는 교회가 되어야 한다고 한다.

이 사진을 본 적이 있을 것이다. 최근 '코로나 19' 이후 방역을 책

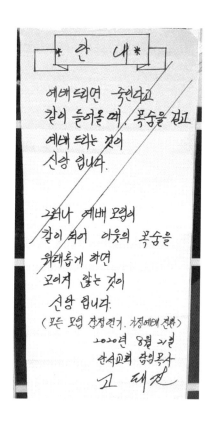

임지는 정부와 의료계와 교회 사이에 엄청난 갈등이 있었다. 모임제한과 거리두기로 종교 활동을 제한 한 것을 두고 교회에서는 종교탄압이다. 정부는 국민의 생명을 안전하게 지키기 위해서 취한 불가피한 조치라는 의견이 대립되었기 때문이다. 국민들은 이런 상황을 보면서 교회의 밥그릇 지키기와 정부와 병원의 공공성 대결로 몰아가며 교회는 공격을 당했고 교회 이미지에 타격을 입었다.

예배의 자유를 주장하는 교회는 예배는 생명 같은 거라며 생명을 포기할지언정 예배는 절대 포기할 수 없다고 주장을 할 때, 그 예배 때문에 피해 보는 다른 사람들 생명은 어쩔 건데? 라는 질문과 함께 갈등이 심할 때 한 목사님이 작성한 위의 포스터가 알려지게 된 것이다. '예배드리면 죽인다고 칼이 들어올 때 예배드리는 것이 신앙입니다. 그러나 예배 모임이 이웃의 목숨을 위태하게 하면 모이지 않는 것이 신앙입니다'라는 명언과 '예수님은 내 밥그릇보다 남의 밥그릇이 더 소중했던 분입니다' 하는 댓글이 달렸다.

신앙은 이웃과 소통하고, 이웃과 함께하는 것임을 단적으로 보여주는 글이라고 여겨 소개한다.

교회는 누구이고 교회는 무엇을 추구해야 하는가? 이미 답을 말씀드렸다. 그것은 바로 이웃과 타자를 위해 십자가를 지신 주님처럼 세상과 내 이웃의 형제를 내 몸과 같이 사랑하는 곳이라고 할 수 있다. 또 그런 곳이 되어야 한다.

필자가 했던 교제의 도구들
내가 목회를 하면서 지역사회에서 교제의 도구가 되었던 일들을 생각나는 대로 적어본다.

1) 통계조사/ 통계청 주관 5년마다 주택인구 총 조사를 한다. 교회를 개척하고 1년 뒤인 2005년에 조사요원으로 신청하여 참여하였다. 특정 종교를 말해도 안 되고, 개인정보 보호법도 지켜야 하지만 목사의 양심을 지키면서 어디 사는 누구인지, 무엇을 하고, 종교가 무엇인지 등 최소한의 정보를 접할 기회였다.

2) 통장/ 2008~2012년까지 4년간 화전동 10통장을 맡았다. 마을마다 통장 임기가 되면 통장 모집 공고를 한다. 나이, 주거 기간,

수상경력, 봉사활동 등을 비교하여 만점 40점의 기본점수를 주고, 면접점수 60점을 더하여 점수가 높은 분을 통장으로 선출한다. 통장은 1회(2년) 연임이 가능한데 경험이 없는 초보자가 1회 경험이 있는 통장과 경쟁을 하려면 불리하다. 왜냐하면, 2년 동안 통장직을 수행하는 동안 봉사 점수가 많아지니까 그렇다. 현재 통장이 2년 연임을 마치고 새로 통장을 모집할 때 후보 신청을 하는 것이 비슷한 점수에서 면접을 보기 때문에 유리하다고 할 수 있다.

통장 일을 하면서 지역주민들을 만나고, 동 행정에 대한 정보를 접하는 기회가 많은 장점도 있지만, 통장 권한 밖의 일까지 무리하게 요구하는 민원인으로 인해 마음고생도 한다. 갈수록 이기적이고 자기밖에 모르는 사람들로 인해 마음의 각오를 단단히 하고 해야 한다.

3) 참여예산위원/ 마을마다 참여예산 위원회가 있다. 고양시, 덕양구 참여예산위원도 있다. 동 참여예산 위원은 어떤 사업이 결정되는 순간까지 활동하고 사업이 확정되면 임기가 종료되지만, 고양시, 덕양구 참여예산 위원은 1년 임기에 1회 연임이 되고 임기를 마치면 한 번은 쉬었다가 다시 신청할 수 있다.

한정된 예산의 범위 내에서 우리 동네에 필요한 사업을 발굴하여 결정하는 일에 참여한다는 의미와 역시 사람을 만난다는 것이 유익한 일이 된다.

4) 주민자치위원장/ 우리나라의 주민자치는 아직 성숙하지 못한 상황이어서 민과 관이 협력하는 수준이지만 본래의 취지대로라면 주민들이 투표로 선출하는 동장에 해당하는 직책이다. 그래서 명예 동장이라고 부르기도 한다. 임기는 2년이며 1회 연임 가능한데 나는 주민자치위원으로 출발해서 위원장 4년을 하고, 고문으로 있다가 현재는 사임했다. 동네에서 가장 영향력 있는 단체이며 지역 내 선출직 공무원(국회의원, 시장 등)들과 서로의 필요에 의해 접할 기회가 자주 있어 개인적인 의견도 나눌 기회가 된다.

5) 지역사회 보장협의체 위원장/ 마을의 어려운 이웃들을 보살피는 복지단체다. 마을의 어려운 이웃들을 발굴하고, 이들을 도울 방법을 모색하여 돕는 일을 한다. 우리 화전동의 경우 공개모집보다는 추천으로 위원을 모집하고 있으며 이 단체에 참여해서 어려운 이웃들을 돕는데 참여한다는 보람이 있다.

6) 화전동 마을 축제 추진위원장/ 1년에 한 번 마을 전체 주민들이 모일 수 있는 축제의 장을 열어주는 역할을 한다. 물론 여력이 있다면 축제를 2, 3회도 할 수 있다. 그동안 시에서 마을마다 일정 금액을 배정하여 사업을 진행하였는데 3년 전부터 공모제로 바뀌어 고양시 공모에 신청하여 선정되면 축제를 진행하게 된다.

8회째 위원장을 맡고 있는데 2019년 돼지 열병으로, 2020, 2021년 코로나 19로 축제를 못 하고 있다.

7) 화전동 미래 발전위원장/ 창릉 신도시 개발 소식과 함께, 화전동 주민자치위원회와 통장협의회가 모여 구성된 모임으로 신도시 개발에 포함된 우리 지역을 L.H와 고양시 등 개발주관업체가 설계하는 대로 수용하지 말고 주민의 의견을 도시 설계에 반영시켜 보자는 취지로 결성된 모임입니다. 항공대 교수, 도시 개발 전문가들이 참여하고 있다.

8) 목사/ 목사라는 직함도 지역주민들과 쉽게 만날 수 있는 직함이다. 목사가 선물을 들고, 전도지를 들고, 교회의 행사 홍보지를 들고 만날 수 있다. 일반인들이 이런 것을 가지고 접근을 한다면 경계심을 가질 수도 있으나 목사는 이런 일을 하는 사람으로 인식되었기 때문에 일반인이 접근하는 거보다는 훨씬 쉽다.

목사의 주변에는 목사들만 있고, 교인들만 있다. 너나없이 교회의 문제점을 말할 때 개교회 중심으로 사역하는 것도 빠지지 않는 문제점 중의 하나다. 이런 상황에서 나만은 예외라고 생각하고 여전히 교회 중심으로만 사역할 것인가?

나는 스님이 개종하고, 무당이 개종했다는 말은 들어봤어도 목사가 다른 교회 목사의 전도를 받고 교회를 옮겨갔다는 이야기를 들어본 적이 없다. 농담이지만 우리의 사역의 목적이 영혼구원인 만큼 교회와 교인만을 목회대상으로 하지 말고 사역의 장을 마을로 넓히

자는 말이다.

목사는 사회성을 기르고, 사회 속으로 들어가고, 불신자들을 친구로 삼고, 기능인과 기업인들을 친구로 삼는 것이 낫다. 혹 믿지 않는 친구가 있다면 관리를 잘하라 앞으로의 목회에 그들이 도움을 주고, 그들이 교인될 가능성이 있는 예비 신자들이기 때문이다.

강단에서 내려와 가운을 벗고 평상복을 입고 마을로 가자.

행복한 마을목회
이렇게 해보라

'그런즉 믿음, 소망, 사랑, 이 세 가지는 항상 있을 것인데 그 중의 제일은 사랑이라'

† 고린도전서 13장 13절

우리 교회는

밖으로 '선한 손을 펴 교회를 교회되게 하라' 안으로 '위로와 평안이 넘치는 행복한 교회'라는 목회철학을 가지고 개척 초기부터 이렇게 동네를 섬겨왔다.

침술봉사

2004년 9월부터 매월 첫째와 셋째 주일 오후에 연신내 성동한의원 이홍근 원장님을 초청하여 주민들에게 침술봉사를 하였다.

감사와 평화의 가을 음악회

2004년 11월 14일 바리톤/ 이대우 교수, 소프라노/ 엄소일 교수, 피아노/ 김소영 교수를 초청하여 지역주민에게 수준 높은 음악을 선물했다.

버스종점에 버스노선 안내판 설치

2004년 12월 3일, 설치 전 매연과 빗물에 얼룩진 벽은 매우 지저분했다. 아침 출근길의 기분을 상쾌하게 해야겠다는 생각으로 설치했다.

▌설치 전   ▌설치 후

영정사진 봉사

2004년 12월 11일, 경민대학교 미디어학과 조승래 교수와 학생들을 청하여 주민들의 영정사진을 찍어드렸다.

완성된 사진들을 액자에 넣어서 주민들께 드렸더니 좋아하셨다.

이후 이날 오시지 못한 주민들의 간곡한 요청에 의해 2006년 5월 7일 두 번째 영정사진을 찍어드렸다.

신년 희망 음악회

2005년 2월 13일, 가수 겸 작곡가로 수많은 히트곡을 남긴 장욱조 목사님을 초청하여 그의 음악과 삶을 들었다.

얘들아, 동해가자!

2005, 2006년 2차에 걸쳐 가정 사정으로 휴가를 가지 못한 동네 청소년들과 함께한 '얘들아, 동해 가자!'는 이후 원흥지구 개발로 마을이 해체되면서 아이들이 흩어졌다.

안경을 맞춰드려요

　2005년과 2012년 2회에 걸쳐 테크노마트에서 안경점을 운영하는 박종월 장로님을 초청하여 동네 어르신 80여 분에게 안경 및 돋보기를 맞춰드렸다.

의료봉사

2006년부터 매년 1~2회 지역주민을 위한 의료봉사를 하고 있다.

새해 소망의 소리

2007년, 새해를 용기와
소망을 가지고 살아가기를
바라며 역경을 이기고 승리
를 이룬 탈랜트 송채환 님
을 초청하여 소망의 메시지
를 들었다.

웃고 삽시다

2007년 5월 가정의 달을 맞이하여 모든 주민의 가정에 웃음이
가득하기를 바라며 '맞다고요'라는 유행어를 남긴 개그맨 배영만 님
을 초청하여 배꼽 잡는 시간을 가졌다.

천사사랑방 개소

2007년 6월, 지역을 더 효과적으로 봉사하기 위해 교회를 탈피하
여 자그마한 공간을 임차하여 천사사랑방을 마련하였다. 이곳에서
는 무료급식, 발 마사지, 천사 가게를 통해 봉사활동을 하는 곳이다.

방과 후 교실 운영

2008년 동사무소의 협력으로 의욕적으로 시작했으나 지역개발로 학생들이 없어 문을 닫았다.

도배봉사

2010년 교회 청년들과 함께 동네 한 부모 가정에 도배를 해드렸는데 봉사자 모두가 큰 보람을 느꼈다.

교회가 있는 마을은 행복하다, 마을목회

빵, 차

2008년 4월부터 매주 목요일 아침 출근길에 버스 정류장에서 빵과 차를 나눠주었다.

시간에 쫓겨 아침도 못 먹고 출근하는 직장인과 등교하는 학생들이 맛있게 먹는 모습에 큰 보람이 있었다.

마을 게시판 설치

2010년 마을에 게시판이 없어 마을소식을 궁금해하는 주민들을 위해 버스 정류소에 마을게시판을 설치하여 유용하게 애용되고 있다.

마을청소

매해 대림절, 설, 부활절, 추석에 마을청소를 하여 매번 1톤 분량의 쓰레기를 수거하여 마을을 청결하게 하려고 노력하고 있다.

경로당 식사 대접

분기별 1회 동네 어르신들을 대접하는데 더 많이 대접하려고 노력하고 있다.

교회가 있는 마을은 행복하다, 마을목회

장학금 지급

학기별 연 2회 고등학생, 대학생에게 장학금을 지급하고 있으며 20년에 4명, 21년에는 두 명이 혜택을 받고 있다.

마을 주민과 함께 하는 단풍구경 반찬 나눔을 하는 여전도회

지금 소개한 내용들은 어느 교회나 하는 사역들이지만 주로 우리 교회개척 초장기의 사역들로 재정도 인력도 없는 개척교회에서 했다는 것이 자랑스럽고 이것들이 씨앗이 되어 오늘의 우리 교회가 있게 되었다고 생각하기에 교회를 개척하는 목사님들에게 꼭 소개 하고 싶었다.

그 외에도 사랑의 쌀독, 선거일 투표장 차량운행 등의 사역을 해오고 있다. 일일이 다 밝힐 수는 없지만 매년 추석과 설에는 400만원 상당의 예산을 지역의 어려우신 분들을 위해 사용하고 있으며 '우리 동네는 우리가 책임진다'는 마음으로 지역을 섬기고 있다. 이것이 그리스도의 정신이니까.

교회가 있는 마을은 행복하다, 마을목회

마을을 사랑하는
참 목사가 되라

'나는 선한 목자라 선한 목자는 양들을 위하여 목숨을 버리거니와 삯꾼은 목자가
아니요 양도 제 양이 아니라 이리가 오는 것을 보면 양을 버리고 달아나나니 이리
가 양을 물어 가고 또 헤치느니라'

＋ 요한복음 10장 11-12절

막상 이 챕터를 쓰려고 하니 자신이 없다. 죄성을 가진 인간이 또
한계를 가진 인간이 과연 참 목사가 될 수 있을까? 하는 의문이 생
기고 또 글을 쓰는 너는 참 목사가 되자고 할 만큼 참 목사로 사느
냐는 질문을 해볼 때 자신이 없다. 그러나 희망 사항으로 또 방향제
시라도 하는 마음으로 써보려고 한다.

참 목사는 주님이고, 참 목사는 주님처럼 살고, 주님처럼 목회하
는 목사를 참 목사라고 할 수 있을 것이다.

참 목사로서의 주님의 모습은 비움과 섬김이라고 생각한다. 하늘
보좌를 버리시고 땅으로 오시기까지 비우셨고, 자신의 몸을 화목제
물로 내어놓으시기까지 비우셨다. 또 제자들의 발을 씻기까지 섬기
셨고, 자신이 이 땅에 오신 이유를 섬기러 오셨다고 말씀하셨다. 이

런 주님의 길을 따르는 길이 참 목사의 길이라고 알고 대부분 목사도 그 길을 따른다고 생각한다. 그러나 아쉽게도 목회 현장에는 참 목사이기를 바라면서도 주님이 가신 길을 따르기보다는 인간적인 수단과 방법으로 목회의 성공과 교회의 성장을 추구하는 경우들이 많은 것도 사실이다. 또 그들은 그들 나름의 철학과 성경적인 근거도 제시한다.

성장하는 교회

변종길 교수(고려신학대학원, 신약학)는 교회 성장에는 질적 측면과 양적 측면이 있으며 이 둘은 상호 연관되어 있다고 하며 다음과 같이 주장한다. 사도행전에서 누가는 교회 성장에 대해 기술할 때 제자들의 수가 많아지는 것에 대해 상당한 관심을 표명하고 있다. 왜냐하면, 하나님의 말씀을 듣고 믿어 구원받는 제자의 수가 더하는 것이며, 예루살렘에서 시작한 기독교회가 확장, 발전되어 가는 것을 뜻하기 때문이다. 그러나 누가가 단지 양적 성장에만 관심을 가지고 있는 것은 아니다. 그와 동시에 또한 질적으로 그들의 믿음이 자라가는 것을 말하고 있다.

사도행전 2:41-47에서는 오순절 날 당일에 제자의 수가 3천이나 더했을 때, 그들이 사도의 가르침을 받아 서로 교제하며 떡을 떼며 기도하기를 전혀 힘썼다고 말하고 있다. 그뿐만 아니라 그들이 물건을 서로 통용하고 날마다 마음을 같이 하여 모이기를 힘쓰고 하나님을 찬미하며 온 백성에게 칭송을 받았다고 말하고 있다. 이는 곧 오순절 날에 탄생한 예루살렘교회는 양적으로 크게 부흥했을 뿐 아니라 질적으로, 영적으로도 큰 부흥이 있었음을 보여주고 있다.

이뿐만 아니라 사도행전 6장 7절에서는 '하나님의 말씀이 점점 왕성하여 예루살렘에 있는 제자의 수가 더 심히 많아지고…'라고 함으로써 하나님 말씀의 왕성(곧 질적 성장)과 양적 성장이 서로 밀접히 관련되어 있음을 보여주고 있다.

건강한 교회로의 성장

그런데 성장을 지상의 과제처럼 여기며 달려온 한국교회가 어쩐 일인지 성장이 둔화되고 있다. 혹 주변에 성장하는 교회가 있는 경우에도 수평 이동에 의한 양적 성장이 이루어진 경우가 대부분이다. 이에 관심 있는 학자들이 성장 둔화의 현실에서 찾아낸 대안이 교회의 건강성을 강조한다.

릭 워겐은 "21세기의 교회의 중심 주제는 성장이 아니라 건강이 될 것"이라고 말한 바 있다.

반스 하브너는 "이제는 양의 숫자를 셀 때가 아니라 양들을 가치 있게 해야 할 때인 것이다"라고 한다.

교회 성장이란 말은 보다 깊은 영적 성숙에 대한 비전을 포함한다. 이제 우리의 목표는 이웃교회와 교회의 성과나 크기 등을 겨루는 것이 아니라 그리스도 안에서 성도 개개인의 회심과 제자화에 집중해야 한다.

나는 평신도로 신앙생활을 하는 동안 남다른 열정과 열심으로 맡겨진 일에 최선을 다해 봉사했다. 어머니를 보고 배운 것이다. 그러나 그것으로 인해 내가 영적으로 성숙해 간다는 경험보다는 지쳐가고, 교만해지고, 피폐해져 간다는 생각을 하기도 했다. 그런 경험이 내가 목회를 시작하면서부터 교회의 성공이나 성장을 위한 일 중심 사역이 아닌 교회의 건강과 행복을 위한 사람 중심의 사역을 하게 되었고 그 결정판이 마을목회라고 할 수 있다.

참 목자의 길

나에게도 세상적으로 더 성공한 목회를 할 기회가 서너 번은 있었다. 고향 전남 강진으로 갈 기회, 서울 증가중앙교회로 갈 기회, 경북 풍기로 갈 기회 등이다. 이 모든 일은 내가 교회를 설립하고 나서 몇 개월 안에 있었던 일들이다. 개척 초기 가장 힘들었던 때에 있었던 일이다.

1) 고향 강진 교회 이야기

교회를 개척하고 2~3개월쯤 지났을 때로 기억한다. 서로 잘 알고 가까이 지내는 선배 목사님이 찾아오셨다. 나를 찾아오신 그 목사님은 교회를 개척한다는 것이 얼마나 힘든데 개척을 했느냐며 위로하시고 제안을 하셨다. '강 목사(나)가 장남이니 부모님들이 계신 고향으로 가면 좋지 않겠느냐'고 그렇게 말씀하시며 목사님의 동기분이 고향(강진)에서 역사도 있고 규모도 있는 교회를 담임하며 목회하고 있는데 서울로 오고 싶어 하니 강 목사(나)만 좋다고 하면 나와 그분이 교회를 바꿔 목회하자. 또 내가 그 교회로 가면 그 교회에 계신 목사님이 나에게 현금 5천만을 주겠다고 제안했다. 개척 초기에 교인도 없고, 경제적으로도 어려운 때 현금 5천만 원, 조직교회, 고향 부모님 곁, 정말 매력이 있는 제안이었다. 순간 짧게나마 마음의 고민도 하였다. 그러나 나는 이곳에서 개척하기로 처음 마음먹었던 그때의 초심을 지키려고 거절했다.

'목사가 필요로 하는 교회가 아닌 교회에서 필요로 하는 목사가 되겠다고 했던 자신이 변하면 안 된다. 돈 때문에, 교세 때문에, 인간적인 정 때문에 팔려 가면 안 된다. 정신 차려라. 강대석!'

그렇게 참 목사가 되겠다고 다짐하고 또 다짐했다.

2) 증가중앙교회 이야기

이 교회는 오래전부터(1993년) 알고 있는 교회다. 이 교회 박동배 장로님은 내가 아동부연합회 회장을 할 때 임원을 맡았던 인연으로 친구 같은 사이다. 그 장로님 말씀에 의하면 내가 아동부연합회 회장으로 회의를 진행할 때 회의 중 여러 이견이 있고 민감한 안건을 지혜롭게 또 원칙대로 깔끔하게 처리하는 것을 보고 그때부터 심중에 호감을 갖게 됐다고 한다.

증가중앙교회는 그 장로님이 출석하는 교회로 당시 교인 80여 명에 3층 자가 건물을 가진 교회로 주택가 안에 있는 안정적인 교회였다. 서울서북노회 노회장을 지내신 고 우용빈 목사님이 사고로 별세하시고 나서 두 번의 후임 목사님을 모셨으나 목회를 계속하지 못하고 교회를 떠나게 되었다.

그 후에 장로님은 나에게 그 교회로 와 달라고 요청을 하셨다. 허나 우리 동네에는 우리 교회 하나밖에 없고, 그 교회는 주변에 다른 교회도 많았고 두 교회가 합병을 하려고 해도 거리가 있어서 어려운 상황이었다. 나는 우리 동네는 떠날 수 없다고 말씀을 드렸고 목회자가 오기까지 장○원 목사님을 소개하여 예배를 드리도록 하였다.

그렇게 1년 가까운 시간이 지난 다음 그 교회는 이웃 모래내교회와 합병을 하였다. 합병을 결정한 후 증가중앙교회 이름이 인쇄된 예배상은 필요가 없게 됐으니 예배상이 필요하면 가져가라 하여 교회로 갔다. 장로님은 교회 안에 있는 기도방이라는 곳으로 나를 인도했다. 빈방에 방석이 하나 놓여 있었고 장로님은 그 방석을 가리키며 이곳에서 목사님(나)이 그 교회로 오게 해달라고 기도했는데 응답을 받지 못했다고 아쉬워했다. 고맙고 미안했다. 이때도 역시 처음 교회를 개척할 때의 초심을 잃지 않으려고 했고 참 목사의 길이라 믿고 그렇게 한 것이다.

3) 풍기 창락교회 이야기

창락교회는 친구 신성덕 장로의 고향 교회로, 친구의 부모님도 그 교회 장로님, 권사님으로 섬기셨다. 내가 개척 초기 어려울 때 그 교회 목사님이 다른 곳으로 가시고 목회자가 공석일 때가 있었다. 그 교회는 여러 목회자를 배출하고, 당회도 구성된 안정된 교회였다. 친구 장로님은 고향 교회 이야기를 하시며 내가 안정된 교회에서 목회하기를 바라며 나를 추천하겠다고 했다. 물론 청빙의 절차를 거치겠지만 친구의 아버지 어머니를 비롯해서 그 교회의 다른 장로님들도 다 잘 아는 분들이니 나만 결정하면 갈 수 있으리라는 것이었다. 그때도 나는 박ㅇ열 목사님을 소개해주고 정중히 사양하고 나는 참 목사의 길을 택했다.

이미 이 책의 파트 1장 제5강, 6강에서 기술했듯이 나는 참 목사의 길을 가고자 했고, 그때마다 성공과 성장에 대한 유혹도 함께 왔다. 그런데도 낮은 자의 모습으로 이 땅에 오셔서 겸손히 섬겨주신 주님을 생각하며 묵묵히 주님의 길을 따르고자 했다.

목사는 행복해야 한다. 또 행복할 수밖에 없다. 생명을 살리고, 그 일이 가치 있고, 보람 있는 일인데 그 일을 하면서 행복하지 않다면 문제 있는 목사라고 생각한다. 내가 행복해야 다른 사람을 행복하게 할 수 있다. 만족하면 행복하고, 감사하면 행복하다.

나는 시골의 빈농의 아들로 태어나 많이 배우지도 못하고, 가진 것도 없고, 잘 난 것도 없는 사람이다. 그러나 우리 마을에서만은 분에 넘치는 대우를 받고 있다. 그래서 행복하다. 그러면 된 것 아닌가.

감사하라

강대석

식탁에 앉아 밥을 먹다 문득
사방에 널브러진 물건들이 눈에 들어온다
평상시 같으면 무슨 쓸데없는 물건들이
이리도 많은가 했을 터지만
오늘은 그것들을 하나씩 세어보았다
컵 하나, 렌지 둘, 냉장고 셋
넷, 다섯, 여섯…
일곱, 여덟, 아홉…
5분 10분… 세고 또 세어도 끝이 없다
세다가 지쳐 그만두었다

와! 나에게 있는 것이 이렇게 많구나!

큰 그릇 작은 그릇, 스텐그릇, 유리그릇

부피 큰 냉장고부터 작은 젓가락까지

값비싼 카메라부터 싸구려 이쑤시개까지

버려질 쓰레기봉투부터 사랑하는 아내와 아이들까지

나는 이것들을 감사했는가?

이렇게 갖고도 감사를 모른다면 너는 나쁜 놈이다

- 13. 8. 30. 강대석

마을목회가 어르신들을
행복하게 한다

'너는 센 머리 앞에서 일어서고 노인의 얼굴을 공경하며 네 하나님을 경외하라 나
는 여호와이니라'

† 레위기 19장 32절

어르신

마을목회 대상의 다수는 어르신들이다. 우리나라의 인구 분포가 오래전부터 역삼각형을 이룬다는 것은 누구나 다 아는 사실이다. 아이들은 줄어들고 어르신 인구가 급속히 늘어가는 사회적 현실에서 마을목회의 중심도 어르신들이어야 한다.

필자는 한국방송통신대학교에서 행정학을 공부한 행정학사다. 당시 4년 과정을 마치고 쓴 논문의 제목이 「고령화시대를 대비한 노인복지 정책에 관한 연구」였다. 오래전에 고민한 주제였지만 현실과 조금도 다르지 않게 진행되는 것을 보면서 남의 일 같지 않게 느끼고 있다.

그때 썼던 논문을 중심으로 마을목회의 주된 대상이 될 어르신들이 행복한 마을목회에 대한 대안을 찾아보고자 한다.

「고령화시대를 대비한 노인 복지 정책에 관한 연구」

서론

경제 수준의 향상 및 의료기술의 발달로 현대 사회는 갈수록 어르신 인구가 늘어가고 있다. 우리나라의 경우 남자 80.3세, 여자 86.3세가 평균수명이다. 이런 상황에서 이 시대에 목회하는 목회자들이 주된 목회의 대상인 어르신들에 관한 연구를 하는 것은 너무나도 당연하고 중요한 일이다. 이에 대한 적절한 대응이 교회의 미래와 맞물려있다는 생각을 하며 적절한 대안을 찾아볼 수 있기를 원한다.

1. 어르신들의 현황

우리나라의 경우, 65세 이상 자를 어르신으로 규정한다. 1990년 현재 1,670,000명으로 전체인구의 4.1%를 차지하고 있으나 2000년에 7.1%를 넘어서 고령화 사회에 진입하고, 2022년에 14%를 넘어서 초고령사회가 될 전망이다. 특히, 그 증가속도가 빨라 (노인 인구의 비율이 7%에서 14%로 되는 기간이 22년) 오랜 기간에 걸쳐 인구 고령화에 대처해 온 선진국과는 달리 우리나라의 경우 고령사회에 대한 준비가 그만큼 시급함을 의미한다.

노년부양비도 급격히 늘어 2030년에는 29.8%로 늘어나고 생산연령인구 3.4명이 1명의 노인을 부양해야 할 것으로 전망되고 있다.

2. 어르신들의 현실문제

현재 우리나라 어르신들 대부분은 경제적 빈곤, 소외, 건강의 문제를 안고 있으며 국가가 해결하지 않으면 안 될 구조 속에 있다. 그 이유는 핵가족화, 부양의무의 변화 등이 이유가 된다. 이에 국가는 어르신들에 대한 다양한 대책들을 모색하고 있지만, 국가는 그 책임을 다하기에 역부족이다. 그래서 개인과 단체와 교회의 도움을 필요로 하게 된다.

3. 어르신들에 대한 성경적인 인식

1) 어르신은 존경의 대상이다. 성경은 '네 부모를 공경하라' 한다. 어르신을 공경하고 섬기는 것은 하나님의 명령이다.

2) 어르신은 지혜의 상징이다. 어르신들의 오랜 경험에서 나오는 지혜는 후손들에게 큰 자산이 된다. 그러므로 어르신들을 잘 모시는 것은 우리에게 필요한 일이다.

성경은 고아, 과부, 나그네를 사회적 약자로 보며 도움이 필요한 대상으로 언급하나 어른들이 빠졌다. 이는 이미 공경의 대상으로, 지혜로운 자산으로 언급했기에 더 이상 말할 필요가 없었기에 제외된 것으로 볼 수 있다.

성경은 어르신들을 잘 섬기고, 대접하라고 한다. 그러므로 교회는 마을에 있는 어르신들을 행복하게 해드려야 할 사명이 있다.

4. 어르신들을 행복하게 할 마을목회의 대안

1) 어르신들의 삶에 여러 문제가 있지만 그중에서도 할 일이 없다는 무료함이 크다. 수입이 여부를 떠나 무료한 어르신들을 위해 일자리를 마련해주는 것이 필요하다.

2) 봉사단체를 결성하도록 돕거나, 기존의 봉사단체와 연결하여 소속감을 갖게 해드리고 의미 있는 삶, 보람 있는 삶을 위해 시간을 활용하게 하는 것도 필요하다.

3) 외로운 어르신들을 위해 대화의 장을 마련해 주는 것이 필요하다. 이웃 나라 일본에서는 가사 보조원을 파견하여 이야기를 들려주는 봉사가 행해지고 있다고 들었다. 고독사 방지를 위해 안부 전화를 드리고, 야쿠르트 같은 것을 배달해주어 안부를

확인한 것도 행해지고 있으나 더 근본적이고, 적극적인 방법은 집단 휴게실 및 운동시설을 운영하여 사람을 만나고 이야기할 수 있는 장을 마련해 주는 것이 필요하다.

4) 경제적 빈곤이 있는 어르신들을 위해 생필품 지급 보조, 주택유지비 보조, 식사 제공, 병·의원 왕래 교통서비스 제공이 필요하다. 고양시에서는 2021년에 '든든밥상'이라는 사업으로 어려운 독거 어르신들을 발굴하여 반찬을 제공해드리고 있는데 호응이 매우 좋다.

5) 노령수당의 지급대상자와 지급액을 확대해서 국민연금의 혜택을 받지 못하는 노인들이 소득보장을 받을 수 있게 하고, 노인보건의료시책을 강화하여 노인성 만성 질환에 대한 의료보험 급여를 확대하는 것도 필요하다.

앞으로의 우리 사회는 자식에 의해서 노후생활을 보장받을 수 있다는 전통적 가치관은 급격히 무너지고 있다. 3포 혹은 5포라는 말에서 자녀들의 어려운 상황을 짐작할 수 있다. 자식들이 직장을 얻고, 결혼하여 가정을 이루더라도 자녀를 양육하며 살기가 만만치 않은 시대를 살아가고 있다. 그러므로 앞으로 어르신들은 자식들에 대한 교육비, 결혼비용 등의 지출을 줄여 어르신들의 노후준비를 스스로 준비해야 한다. 어르신들의 노후준비가 충분하지 않다면 국가의 부담은 크게 늘어날 것이며 그 만큼 어르신들은 만족하지 못한 삶을 살게 될 것이다.

이상의 노인복지정책에 대한 제반 사항들을 살펴보면 우리는 선진국들과 비교해서 많은 부분이 미진하다 할 수 있다. 노인 문제를 해결하는 데에는 국가는 국가대로 적극적이고 주도적으로 행해야 하는 것은 맞지만, 그것만 가지고는 부족하다. 모든 것을 국가에만 의존하지 말고 어르신 한분 한분이 스스로 자신들의 미래를 준비하는 것이 중요하고 어르신들 스스로도 서로 의존하고 협조하며 건전한 사회를 형성해 나갈 때 어르신이 대접받는 사회가 될 것이다.

나는 신학교 때부터 어려운 동기들에게는 미안하기도 했지만, 하나님은 나만 사랑하신 것 같다는 말을 자주했다. 사실 나는 세상일을 할 때는 하는 일들마다 잘 풀리지 않았다. 그래서 스스로 과거를 돌아보며 하나님이 나를 인생 밑바닥까지 내려가게 하신 것은 내가 목회를 하면서 낮은 자의 마음을 헤아릴 줄 아는 목사로 훈련시키기 위한 하나님의 계획이었다고 말을 한다. 내가 신학을 하고 목회를 한 후부터 그야말로 하나님은 나만 사랑하신 것 같다는 고백과 감사로 살았다. 이 시기에 집을 샀다는 이야기도 했다. 그랬다. 만사가 형통했다. 그 정확한 이유는 알 수 없다. 다만 확신하기는 내가 어머니의 말씀에 순종하여 목회자의 길을 감으로 어머니의 마음을 기쁘게 해드렸기 때문일 것으로 확신한다. 그래서 어버이 주일만 되면 내가 어머니의 마음을 기쁘게 해드렸더니 하나님께서 나에게 평안의 삶을 주셨다고 확신 있게 외친다.

어르신들을 잘 섬기자는 말이다.

▌어머니 구순잔치 후에 친지들과 함께

마을목회가
다음 세대를 세운다

'오늘 내가 네게 명하는 이 말씀을 너는 마음에 새기고 네 자녀에게 부지런히 가르치며 집에 앉았을 때에든지 길을 갈 때에든지 누워 있을 때에든지 일어날 때에든지 이 말씀을 강론할 것이며'

✝ 신명기 6장 6-7절

최규명 목사는

다음 세대는 너무나 소중하다. 그러나 다음 세대 못지않게 더 소중한 사람이 있다. 그들은 기성세대 지도자들이고 부모들이다. 왜냐하면, 우리가 잘 준비되면 우리를 만나는 수많은 다음 세대는 희망적인 믿음의 세대가 될 수 있기 때문이다.

지금의 한국교회는 위기다. 교회는 고령화되어 가고 박물관처럼 되어간다. 교회 직분자들의 자녀들도 교회를 떠나는 게 현실이고, 교회 안에도 교회 교육부서가 60% 이상이 아예 없다. 부모님은 하나님을 잘 섬기는 직분자인데 자녀들은 하나님을 믿지 못하고 교회를 떠나고 있다. 교회에 출석하고 예배를 드리는 데 주님을 만나지 못하고 억지로 예배 참석하며 살아가는 자녀들이 얼마나 많이 있는지 모른다.

왜 이런 일이 일어났을까? 나라에 목회자들과 신학자들이 없어서가 아니다. 근본적인 원인은 다음 세대를 놓쳤기 때문이다.

다음 세대 전도와 교육이 힘들고 어려워도 우리가 다음 세대를 중단하거나 포기할 수 없다. 다음 세대가 무너지면 다 무너지기 때문이다. 한국교회 미래의 소망이고 대안인 다음 세대를 살릴 수 있는 골든타임(Golden time)은 얼마 남지 않았다.

어른들에게 복음을 전하는 것만큼 중요한 것은 자녀들과 다음 세대들에 대한 관심이다. 그들에게 복음과 말씀, 사랑으로 양육하고 온전히 세워야 미래가 더 소망이 있고 믿음의 세대가 된다. 어른이 되어서 복음을 전하면 늦는다. 부모에게 있어서 자녀교육이 선택 사항이 아니라 필수 사항인 것처럼 교회가 다음 세대를 섬기는 것은 선택 사항이 아니다. 교회가 다음 세대를 위해 더 많이 집중하고 투자하여 우리 세대보다 다음 세대가 더 큰 부흥의 세대가 되도록 노력해야 한다.

우리의 미래는 다음 세대의 손에 달려 있다. 다음 세대가 잘 세워지면 가정과 사회, 교회와 나라가 달라진다. 다음 세대를 살리는 것은 교회다. 교회가 다음 세대를 그리스도의 제자로 삼지 않으면 세상이 다음 세대를 제자 삼을 것이다. 한국교회가 부모의 심정으로 다음 세대를 가슴에 품고 복음을 전수할 수 있다면 희망은 있다. 다음 세대를 향한 힘찬 희망의 대열에 한국 5만 교회와 성도들이 연합하여 하나님이 우리에게 주신 마지막 기회와 사명으로 알고 최선으로 동역하기를 기대한다고 한다.

행복한 목사 이동근은

교회에서 아이들에게 신앙을 가르치는 절대 시간이 부족합니다. 대부분의 교회들이 일주일에 1~2시간의 신앙교육으로 다음 세대 교육을 하고 있는 현실입니다. 1년 8,760시간 중에서 겨우 50시간으로 아이들의 1년 시간 중 0.5%에 해당하는 시간입니다. 그나마 우리 교회는 감사한 것은 주일 이외에도 주중의 목장과 학원에서 많은 시간을 보내면서 아이들이 전인적으로 성장하고 있는 것입니다. 이제는 다음 세대 사역이 가정과 교회와 학원(학교)이 함께 동역하는 시대가 되어야 합니다. 가정은 다음 세대 사역의 핵심 주체입니다. 성경도 자녀교육의 일차적인 책임은 부모에게 있음을 말합니다. 우리 부모들이 좋은 신앙의 본을 보여야 합니다. 그리고 교회는 부모와 함께 자녀들의 신앙교육을 하는 현장이 되어야 합니다. 아울러 학원은 전도의 현장이 되어야 하며 나아가 아이들이 많은 시간을 보내는 장소이므로 이곳에서도 교사들이 전인적인 지도를 해야 할 것입니다. 아울러 우리 성도들은 이 일을 위해 더욱 관심을 가지고 기도해야 할 것이라고 한다.

김명옥 목사(총회 교육훈련처 총무)는 2021년 9월 여전도회 월례회에서 사사기 2장 6~10절을 본문으로 다음 세대를 세울 방법을 제안한다.

김 목사는 교회가 다음 세대를 세우려면 첫째, 말씀을 부지런히 가르쳐야 한다고 주장한다. 신명기 6장 7절의 '가르치다'의 원어가 지니고 있는 뜻은 '찌르다, 뾰족하게 하다'이다. 이는 하나님의 말씀을 날카로운 무기로 찌르듯이 자녀들의 마음과 영혼을 예리하게 찌르듯 깊이 새길 수 있고 감동할 수 있도록 교훈시키라는 것이다. '감동'이란 '깊이 느껴 마음이 움직임'을 말한다. 말씀으로 변화된 다음 세대는 모세가 되고 여호수아가 될 것이라고 한다.

둘째, 가정을 신앙교육의 핵심 통로로 삼아야 한다고 한다. 2020년 6월에 목회데이터연구소가 조사한 바에 의하면, 청소년 신앙에 가장 큰 영향을 끼치는 존재는 어머니이다. 신앙교육이 세계관과 삶을 살아가는 방식에 대한 교육이라는 점에서 본다면 어머니의 신앙교육이야말로 다음 세대를 세우는 데 가장 중요한 존재가 된다. 기도하는 어머니와 아버지 밑에서 기도하는 자녀가 나온다.

기도하는 어머니 밑에서 자란 사무엘은 기도하기를 쉬는 것을 죄로 여겼다. 기도하는 사무엘이 선지자로 있는 동안 이스라엘은 전쟁이 없었고 평화로웠다. 교회는 다음 세대를 세우기 위해 부모가 자녀를 신앙으로 양육하도록 부모를 훈련하고 자녀교육을 위한 커리큘

럼을 제공해야 한다고 한다.

셋째, 눈높이 신앙교육을 해야 한다고 한다. 교회가 다음 세대를 세우려면 잇사갈 자손들처럼 시세를 잘 아는 교사를 세워야 한다. 시세란 '세상의 형편'을 이르는 말이다. 교회는 세상의 형편을 잘 알고 그에 맞게 다음 세대를 이해하고 다음 세대의 눈높이에 맞춰서 신앙교육을 할 수 있는 교사를 세워야 한다. 다음 세대의 눈높이에서 이들과 공감하고 소통이 될 때 비로소 교육이 일어나고 우리의 다음 세대가 든든히 서 갈 것이라고 한다.

나는 교단마다 다음 세대를 세워야 한다고 조직을 구성하고, 연구하지만 뾰쪽한 대안이 없는 실정이라고 본다. 그야말로 속수무책이다. 우리 노회도 2021년 가을노회에서 다음 세대위원회를 구성하여 연구하고, 다음 세대 재건과 활성화를 위해 대책들을 마련하겠지만, 전망은 암담할 뿐이다.

내 미천한 소견에는 막연하게나마 아이들에 대한 관심과 사랑밖에 대안이 없어 보인다. 다음은 내가 2019년 1월 '서울서북노회 교육자원부 주관 신년 교사세미나' 개회예배에서 설교한 내용이다.

사랑으로 하라
요한복음 13장 1절

지난 교자부(교육자원부) 연석회의 때 이규선 교자부 부장님이 "아동부, 유치부 연합회 회장님, 부장님, 당신들이 전문가 아닙니까? 30~40년 현장에서 교사를 하신 장로님 권사님들이 전문가시지… 젊은 전도사들이 뭘 압니까? 탁상공론하는 교수들 강사로 세웁니까?"라는 말씀을 하셨는데 그 말이 맞습니다. 사실 저도 여러분들이 전문가라고 생각합니다.

저는 중학생 때 고향 교회에서 주일학교 반사를 2년 정도 하다 중단을 했고, 1978년부터 종암중앙교회에서 소년부 교사와 중등부 교사를 약 6년 정도 하다 중단 했습니다. 1986년부터 화전제일교회에서 교회학교 아동부 부장으로 임명받아 10년을 봉사하던 중 아동부연합회 회장을 역임한 것을 비롯해서 아동부 교육현장에서 잔뼈가 굵은 사람입니다 교회마다 골목마다 아이들로 시끌벅적하던 때가 엊그제 같은데 어느 순간 아이들이 눈앞에서 사라졌습니다. 그렇게 활발하게 교육활동을 하고 성경학교를 하던 시절이 언제 있었던가 싶을 정도로 지금의 교회 현장은 썰렁하기만 합니다.

그러면 어떻게 해야 한다고 생각합니까?
저는 사랑으로 하라는 말씀을 드립니다.

영세교회 김충렬 목사님이 그 교회 부목사 이야기를 기독공
보에 소개한 내용입니다. 교사주일에 그 교회 부목사님이 설교
한 내용입니다.

40년 전 강원도 정선 문래 교회에서 성탄절을 앞두고 성극을
준비하는데 비중 있는 요셉의 역할을 두고 교사들 간 이견이 있었
습니다. 변분화 선생님은 자기 반의 주관이라는 아이가 요셉에 적
격이라 했고 다른 교사들은 아니다, 그 아이는 예배 시간에 너무
떠들고 여자아이들을 괴롭히는 아이니 요셉 역이 적합하지 않다
고 반대를 했습니다. 그러나 변분화 선생님은 주관이가 겉으로는
그래도 내가 지켜보니 진실과 따뜻함이 있어서 요셉 역할에 누구
보다 잘 어울린다고 설득을 했고 나중에는 나를 믿고 그렇게 해
달라고 호소하기까지 했다고 합니다. 그래서 결국 주관이가 요셉
을 맡게 되었습니다. 이 아이는 나중에 변 선생님의 강력한 주장
과 변호로 요셉을 맡게 된 것을 알고 최선을 다해 연습하여 그 역
할을 해냈고, 그때로부터 이 아이는 몰라보게 달라졌습니다.

불우한 가정환경 속에서 자란 주관이는 애정결핍, 정서적 불
안한 상태에서 많은 문제를 안고 있는 아이였습니다. 하지만 한
선생님의 관심으로 변화되어 목사가 되었습니다. 그분이 직접
교사 헌신예배 때 경험담을 이야기하여 알게 됐습니다.

"그 선생님 덕분에 그 옛날 악동 소년이 여기서 이렇게 설교합
니다. 존경하는 선생님들, 아이들의 외모 넘어 중심을 보시고 사

랑으로 복음의 씨앗을 뿌리십시오, 그러면 언젠가는 거두어 드릴 날이 있을 것입니다"라고 설교를 했습니다.

저는 한참 전에 이 기고문을 스크랩 해 놓았다가 오늘 설교를 준비하며 다시 읽어보았습니다. 역시 어린이 교육은 사랑 외에 다른 대안이 없어 보입니다.

가르침의 왕도는 사랑과 기도다

교회학교 아동부 교사 40년 근속 상을 받은 순천 은성교회 신향자 교사의 간증이다.

중학교 1학년 때 교사를 시작하여, 제자 중에 교회 중직 자가 허다하고, 목사님도 허다하다. 그중의 단 한 명도 사랑스럽지 않은 아이는 없었다. 교회학교를 부흥시키기 위한 대책을 내놓지는 못해도 어렴풋이나마 이유를 알 수 있을 것 같다. 어른들이 잘못했기 때문이다. 이런 현실이 너무 아프다.

인터뷰를 하던 (기자- 사랑하면 아프다는 시구가 생각났다고 한다) 신향자 교사에게 기자가 질문했다.

"어떻게 하면 아이들을 잘 가르칠 수 있다고 생각하세요?" 기자가 묻자, "특별한 건 없습니다. 프로그램에 의존하는 것은 한계가 있습니다. 사랑과 기도가 왕도라면 왕도일까. 전 그렇게 생각해요, 아이들을 진심으로 사랑하고 그들을 위해 무릎으로 기도하는 것뿐이에요."

상 받은 소감을 더 아이들을 사랑하라는 격려인 줄 알고 힘을 다하며 기력이 다 할 때까지 교사를 하겠다고 한다. 신향자 교사 역시 사랑을 말한다.

광양제일교회/구자현 목사(기독공보 독자투고란에 실린 기사)
부모 같은 교사가 필요하다. 한 청년이 지하철에서 졸며 자꾸만 옆에 앉은 사람의 어깨에 머리를 떨구고 있었다. 사람들은 모두 자리를 피했다. 잠시 후 한 아주머니가 옆에 앉게 되었는데 아주머니는 청년의 머리를 포근히 받아 주며 '나도 자식이 있지' 하고 말씀하셨다. 가슴 뭉클함을 느꼈다.

학교와 교회의 많은 선생님들이 내 자녀라고 생각한다면 교회 교육은 크게 발전할 것이다. 학교에 교사가 있는데 스승이 없고, 학생은 있는데 제자가 없다고 한다. 그리고 19세기 교실에서 20세기 교사가 21세기의 아이들을 가르치고 있기 때문에 발전이 없다고도 한다. 그러나 좋은 환경과 학식이 풍부한 교사를 확보한다고 해서 양질의 교육이 이루어지겠는가? 그 무엇보다도, 더 중요한 건 부모의 심정을 가지고 지도하는 선생님들이 있다면 이런 외부적 부족 함들은 채워질 것이라고 생각한다.

오늘날 교회 교육에서 꼭 필요한 것 역시 '사랑'이라고 단언한다. 부모 같은 교사들이 많았으면 한다.

구자현 목사도 어린이 교육에 꼭 필요한 것이 사랑이라고 말합니다.

요즘 시골 마을에는 아이들 소리가 없다고 합니다. 그마다 들리는 아이들 소리는 부모를 대신하여 아이들을 떠맡은 할머니 할아버지들이 있는 집에서 들린다고 합니다. 부모를 능가하는 할머니, 할아버지들의 사랑이 있기에 그곳에 아이들이 있는 것 아니겠습니까?

그래서 저도 역시 어린이 교육의 대안은 사랑이라고 생각합니다. 사랑으로 합시다. 아이들을 더 사랑합시다. 엄마처럼 사랑합시다. 가정에서도, 학교에서도, 학원에서도 줄 수 없는 더 큰 사랑을 교회에서 경험한다면 사랑에 굶주린 아이들이 교회의 사랑을 잊지 못하고 교회로, 여러분 교사의 품으로 달려들 것입니다.

▌아동부 전국연연합회 총회에서, 오른쪽에서 세 번째가 필자

교회가 있는 마을은 행복하다, 마을목회

늦깎이 목사 마을목회로 꽃을 피우다

'너희 안에서 착한 일을 시작하신 이가 그리스도 예수의 날까지 이루실 줄을 우리
는 확신하노라'

+ 빌립보서 1장 6절

천상병 님의 시에 「귀천」이라는 제목의 시가 있다.

나 하늘로 돌아가리라
새벽빛 와 닿으면 스러지는
이슬 더불어 손에 손을 잡고

나 하늘로 돌아가리라
노을빛 함께 단둘이서
기슭에서 놀다가 구름 손짓하면은

나 하늘로 돌아가리라
아름다운 이 세상 소풍 끝내는 날
가서, 아름다웠더라고 말하리라…

인생, 소풍이라는 말이 매우 적절한 표현이라 생각한다. 그렇게 나도 이 땅에 소풍을 나왔다. 나는 1957년 10월 14일 전남 강진에서 진주 강씨인 아버지(강민수)와 어머니(윤상순)의 2남 4녀의 장남으로 태어났다.

강진은 문화재청장을 지낸 유홍준 교수가 집필한 책에서 '남도답사 1번지'로 꼽을 만큼 아름다운 고장이며 유서 깊은 곳이다. 다산 정약용 선생님의 유배지로 널리 알려져 있으며 고려청자 도요지로도 유명한 곳이다. 일본의 도공들이 조선의 도공들을 신이라고 부른다고 하는데 그 일본 도공들의 선조가 강진에서 끌려간 도공들이다.

또 「모란이 피기까지는」의 시인 영랑 김윤식의 고향이며 바둑계의 거목 '영원한 국수' 김인 선생님이 강진 출신이다. 기업인으로 동원참치 김재철 회장님과 정치인 김영진 국회의원 등이 강진 출신 유명 인사들이다.

내가 태어나고 자란 마을이 다산 정약용 선생님이 18년간 유배를 하면서 목민심서 등 520여 권의 책을 쓴 곳으로 유명한 다산초당이 있는 만덕산 바로 뒷마을이다. 그리고 나의 어머니는 다산 정약용의 외가인 해남 윤씨 가문이다. 이런 연유로 다산의 유배지였던 초당과 해남 윤씨의 종갓집 녹우당은 지척이었기 때문에 청년 시절 녹우당을 자주 찾았고, 또 땅끝마을에서 배를 타고 고산 윤선도 선생님이 생활했던 보길도 세연정을 찾아 둘러보면서 어머니의 뿌리에 대한 자부심으로 대단했던 기억도 있다.

친할아버지는 난치병을 치료하는 특별한 비법을 가지셨기에 강원도에서도, 서울에서도 영파리(지명) 강 의원(할아버지)을 찾아오는 분들이 많으셨다고 한다. 물론 나도 큰댁에서 놀면서 찾아오시는 환자분들을 수시로 목격을 했다. 할아버지가 고치신 병은 소리로만 들었기 때문에 정확히는 모르겠으나 할아버지와 환자분이 나누는 이야기를 들으면 나럭(라렉)으로 들렸다. 할아버지께서 환자의 목 부분을 만지시고 둥그렇게 뭉쳐서 부풀어 오른 몽올(망울)을 만져보시고 조제된 약을 주시고, 어떤 경우에는 칼로 오려내는 경우도 있었다. 현대적인 의사면허 제도와 병원이 생기면서 불법 의료행위가 되어 그만두셨지만, 당시 그 의술은 가정의 비법으로 특효가 있었던 것으로 알고 있는데 그 약의 제조법을 큰댁의 큰 형님이나 형수님이 전수받은 것으로 짐작하는데 좋은 비법이 사라졌다는 것이 못내 아쉽다.

할아버지는 이 일로 돈을 많이 버신 것으로 알고 있다. 할아버지께서 매입한 것인지 이전부터 내려온 전답이 있었는지는 잘 알지 못하지만, 마을의 문전옥답과 뒷산 등 할아버지는 큰살림을 소유하셨다. 그래서 아버지가 결혼하시고 분가를 하실 때는 없는 나무가 없을 정도라고 할 만큼 과일나무가 많은 넓은 집과 논과 밭을 할아버지로부터 받으셨다고 한다. 그런데 아버지는 술과 노름을 좋아하셨다. 친구분들과 어울려 노는 것을 좋아하셨고 재미로 하는 정도를 넘어서 노름을 하시느라 집에 오시지 않는 날도 많으셨고, 집안 살림살이는 관심도 없을 정도로 지나치셨다고 한다.

어느 날은 집에 낯선 사람이 찾아와서 아버지가 어느 주막에 술값이나 노름빚에 잡혀 있으니 돈을 가지고 가서 찾아오라고 알려주는 사람이 있었고, 그러면 어머니가 돈을 마련하여 그 사람이 일러준 주막에 가서 돈을 갚아주고 두루마기를 찾아오시기도 하시고, 아버지를 모시고 왔다는 얘기도 어머니를 통해 들었다.

아버지는 고모부 대신으로 징용을 다녀오신 뒤부터 가족에 대한 서운함으로 할아버지나, 할머니나 큰아버지와 고모들의 뜻에 어긋나게 사셨던 것으로 생각된다.

아버지가 노름하면서 가산을 많이 탕진하게 되어 가난한 생활을 할 수밖에 없었다. 그러나 어머니는 그러한 상황 가운데서도 신앙으로 기도하면서 자녀들을 양육하셨다.

할아버지는 어머니에게 교회에 다니면 집안이 망한다고 좋은 말로 할 때 교회에 다니는 것을 그만두라고 하셨다고 한다. 그러나 어머니는 할아버지와 할머니 그리고 아버지까지 온 집안의 핍박과 제사와 굿이 일상화된 집안 환경 속에서도 꿋꿋이 신앙을 지키셨다.

하나님에 대한 확실한 체험이 있었기 때문이다.

나의 기억의 시작은 외가 인근 연필이네 셋방에서 어린 시절을 보낸 것으로부터 시작된다.

이 이야기는 어느 날 우리 논에서 모를 심고 있는데 지나가던 아버지의 친구분이 민수 씨(아버지 함자)의 처남만 아니었으면 저 논이 내 논이 됐는데 처남 때문에 내 논이 되지 못했다고 하는 말씀을 하셨다. 그 말을 들은 내가 어머니에게 물었더니 어머니께서 내게 해주신 이야기이다.

아버지의 한량 같은 생활 가운데서도 어머니는 끝까지 가정을 지키시고, 가정 경제를 책임지시려고 노력하셨다. 아버지의 한량 같은 이런 생활을 외가에는 말하지 못하시고 홀로 신앙생활에 대한 핍박과 생활고를 견디며 지내시는 중 마지막에는 식량을 해야 할 논마저 노름을 같이 하던 아버지의 친구들에게 빼앗길 상황에 처하게 되셨다고 한다.

어머니는 고민 고민하시다가 할 수 없이 막내 외삼촌에게 이런 사실을 말했다. 막내 삼촌은 당시 지방신문(신아일보) 기자로 계셨는데 어머니의 이야기를 듣고 경찰서 형사들과 검정 지프차를 타고 동네에 와서 아버지랑 노름하던 사람들을 다 찾아내 경찰서로 같이 가 조사를 받고 유치장에 갈 것인지 노름판에서 빌린 노름빛을 없는 것으로 할 것인지 선택을 하라며 위협을 했다. 아버지 친구들은 노름빚을 없는 것으로 하겠다 하여 반석등의 논이 우리 것으로 남아있게 되었다고 한다.

이 일로 그간 신앙으로 인한 어머니의 시집살이와 아버지 때문에 고생하신 것을 알게 된 외가에서는 우리 식구들을 12km 떨어진 군동면 평리 외가 근처로 이사하게 했다. 외가에서는 아버지를 더 이상 동네 친구분들과 어울리게 해서는 안 되겠다고 판단하고 아버지의 동의하에 아버지를 친구분들과 격리시킨 것이다.

아버지는 군동면 목포댁 방앗간에서 일하셨다. 소달구지를 끌고 집집마다 다니면서 방앗거리를 실었다. 방아를 찧어 배달해주는 일이었던 것으로 기억한다.

그때 우리는 외가와 바로 이웃한 연필이네집 작은방에서 살았는데 어느 날 우리 방문 앞에 연필이네 닭이 앉아 있다가 내가 밖으로 나오자 쪼아대며 달려들어 울면서 도망쳤던 일이 기억난다.

나는 주로 외가에서 지냈는데 막내 외삼촌은 어린 나에게 담배 심부름을 자주 시켰던 기억이 있다. 지금 그 담배 이름은 생각나지 않지만, 담배 이름이 어려웠던 기억이 난다. 아마도 아리랑이나 파고다나 신탄진이 아니었을까 생각을 한다. ○○담배를 사오라고 하면 담배 이름이 어려워 계속 외우고 가다가 잊어버려 되돌아와서 다시 묻고 가기도 하고, 어떤 때는 담배를 파는 주인아주머니가 담배 이름을 말하면 내 생각에 맞는 것 같은 담배를 사다 드리기도 했다.

그 시절 외가에서 외할머니, 외삼촌과 숙모님들에게 받은 사랑을 잊을 수가 없다.

아들 셋에 딸 하나를 두신 외할머니는 특히 나를 무척 사랑해 주셨다. 맛있는 것도 감춰두셨다가 아무도 모르게 나만 주셨다고 어머니로부터 들었다. 그런 외할머니의 사랑은 돌아가시기까지 변함없이 사랑해 주셨다. 그렇게 외가에서의 3~4년 행복한 시간이 지나고 아버지는 다시는 노름을 하지 않겠다고 외가에 약속하고 고향 마을로 돌아오셨다.

이 책의 원고가 마무리될 무렵 외가에서 같이 자란 외사촌 동생 윤천석 목사가 책을 한 권 보내왔다. 윤 목사가 직접 집필한 『신약 103번, 구약 15번을 독일어로 읽은 본래 고(故) 정명오 스승님께서 윤군 문제는 중간(media)이야!』가 책 제목이다. 부제와 원제가 있는 건지? 글자의 크기도 같고, 줄과 줄 사이의 간격도 같고 길고도 어려운 책 제목이다. 보통 책 크기보다 1/3은 더 크고 724쪽 분량에 값이 40,000원인 그 책의 목차 다음 페이지에 그 책을 쓰게 된 동기를 적었다.

윤 목사에게 고모님이 두 분(윤상순, 윤행순)이 계시는데 두 분

고모님들이 강진읍 교회 전도단으로부터 복음을 받았고 그 복음이 강대석 목사와 강대영 목사님에게 이어지고 있으며 31살에 과부가 되신 윤 목사의 어머니이자 나의 외숙모님(강경낭)이 그때 복음을 받아들여 윤 목사에게까지 복음이 이어졌다는 내력을 기록했다. 그 귀한 책 첫 페이지에 어머니의 이름과 내 이름이 적혀있는 것을 보고 감동을 받았다.

나는 내 호를 5생이라 지어봤다. 나 스스로 생각해 볼 때 5생 인생으로 살고 있다고 생각하기 때문이다. 모태에서 일생, 예수 안에서 중생, 6살과 12살, 그리고 26살에 물에 빠져 구출된 3생, 그래서 5생 인생이다.

12살 때는 학교와 우리 동네 중간 지점에 있는 임천리 저수지에서 있었던 일이다. 학교가 끝나고 집으로 가는 길에 늘 수영을 하던 저수지에서 6학년 경수형은 나를 업고, 5학년 기상이는 광수를 업고 저수지 어느 지점까지 빨리 갔다 오는 시합을 했는데 나는 물을 무서워했기 때문에 그 게임을 거절했지만, 형들이 윽박지르니 할 수 없이 형의 등에 업히게 되었다. 그러나 어느 정도 깊이 들어가자 겁에 질린 나는 형의 목을 감고 말았다. 둘이 같이 빠져 죽음 직전까지 갔는데 어떻게 살아났는지 기억이 없다.

26살 때는 종암중앙교회 중등부 교사로 있을 때의 일이다. 포천에 있는 어느 초등(중)학교를 빌려 수련회를 했는데 그 학교 앞에 큰 개천(강)이 있었다. 강가에서 놀던 중 누군가 강을 건너갔다 오자는 말을 했고, 몇 사람이 물속에 뛰어들어 수영을 했다. 나도 그 정도는 충분히 건너올 수 있겠다 싶어 물속으로 들어갔다. 그런데 돌아오던 중 중간쯤에서 힘이 빠져 더 이상 진행하지 못 하고 물속으로 빠져 들어 갔다. 이렇게 죽는구나 하는 순간 김안식 장로님께서 내 팔을 잡아 물 밖으로 끌어내 살아날 수 있었다. 당시 지도 교역자였던 신원호 전도사님은 강 선생이 총각으로 혼자 지내면서 먹는 것이 부실해서 체력이 약해진 것 같다고 했다.

이제 6살 때 있었던 이야기이다

이 이야기는 내 이야기라기보다 어머니의 신앙 성숙의 계기가 된 사건이기에 어머니의 신앙을 말하는데 빼놓을 수 없는 사건이기 때문에 기술을 한다.

내가 물에 빠져 죽게 된 사실은 내가 중학생 때쯤 됐을 때 어머니께 처음 들은 것으로 기억한다. 어머니는 그때의 내 나이를 잘 기억은 하지 못하시고 5~6살이라고 짐작하셨다. 외가 인근 연필이네 작은방에서 살던 때의 일이다. 그날 어머니가 밭에 가시면서 나를 데리고 가셨다고 한다. 외갓집 밭이 탐진강 지류, 도지기보라고 불리는 큰 개천가에 있었다. 보에서는 동내의 형들 여러 명이 물놀이를 하고 놀고 있었고 어머니는 형들에게 같이 놀면서 나를 좀 봐주라고 부탁을 하고 밭으로 가셨다고 한다. 고추 몇 개를 따시려고 밭에 오셨기 때문에 그사이에 무슨 일이 일어날 것이라고는 생각도 못 하셨다. 그런데 사고가 나고 만 것이다.

내가 물에 떠내려가는 것을 밭에서 일하고 계시던 어떤 아주머니가 보시고 워매 애기 떠내려간다고 소리를 치셨고 근처 들에서 일하시던 아버지가 그 소리를 듣고 물에 뛰어들어 나를 건지셨다. 아버지는 수영을 못하셨다는데 물에 뛰어드신 그 순간은 생각할 겨를도 없으셨던 것으로 보인다. 그렇게 아버지에 의해 물에서 건져진 나는 이미 죽은 상태여서 마당 한쪽에 놓고 거적으로 덮어놓았다고 한다.

딸을 둘 낳고 아들을 낳았다가 어려서 잃은 아픔이 있었던 어머니는 또 잃으면 어떻게 하나 하는 마음으로 의사 선생님을 모셔오기 위해 병원으로 달려가시며 기도를 하셨다고 한다. 당시 어머니는 초보 신자라 기도도 잘할 줄 모르고 그저 불신자들이 장독에 정한 수를 떠놓고 빌듯이 강둑 길을 달리면서 "명철하신 하나님 내 아들 좀 살려주십시오, 명철하신 하나님 내 아들 살려주십시오"라고 기도했다고 한다. 그때 하늘에서 음성이 들렸다고 한다. '걱정 마라 아들 죽지 않는다', '걱정 마라 아들 죽지 않는다' 그 순간 어머니는 하나님의 살아계심을 체험하게 되었고 그 후로 지금까지 하나님의 살아계심을 확신하고 믿음으로 살아오셨다.

어머니는 병원에서 의사를 모셔왔고 집으로 오신 의사 선생님은 나를 엎어놓고 어머니, 외할머니, 아버지에게 머리를 잡고, 다리를 잡고 움직이지 못하도록 하게 하신 다음 칼로 등허리에 구멍을 뚫으셨다고 한다. 구멍이 뚫리자 대롱(빨대)로 물을 뽑아내는데 시커먼 물이 몇 통이나 나왔다고 한다. 어머니 생각에 작은 아이의 몸에서 뭔 물이 이렇게도 많이 나오는가, 했다고 한다. 한참을 뽑아내자 물의 색깔이 차쯤 맑아지자 내가 움직이기 시작했고, 그제야 의사 선생은 이제 살 것 같다는 말을 했다고 한다.

의사 선생님은 내가 살아나도 사람 구실을 제대로 할 수 없을 것이며 늑막염으로 고생을 할 것이라는 말씀을 했다고 한다. 그렇게 의사의 처지가 있은 후 3일 만에 내가 깨어났는데 "엄니(마) 강아지 사줘"라는 말을 하며 깨어나더라는 것이다. 그런데 바로 일어나지 못하고 뒤집고, 기어 다니고, 걸음마를 하고, 걷기까지 다시 어린아이가 자라면서 거치는 과정을 거치고 나서 정상으로 돌아왔다는 것이다.

외조모 김모순에 의해 신앙을 접한 어머니는 그때까지만 해도 기도도 할 줄도 모르고, 확실한 믿음도 없는 상태였으나 내가 물에 빠져 죽었다가 살아난 일로 인해 한층 믿음이 성숙해졌으며 이후부터는 흔들리지 않는 믿음을 지켰고, 고향 교회에 목회자가 공석인 기간 동안에는 어머니가 고향 교회 강단을 지키기도 하시고, 도암면 신기리교회에 목회자가 없는 동안에는 그 교회 목회자로 목회 활동을 하셨다.

부록

- 언론에 비친 화전벌말교회 -

서울서북노회 화전벌말교회
'우리 동네에 교회 없으면 안 됩니다'

　서울서북노회 화전벌말교회(강대석 목사 시무)는 지역주민들에게 '사랑받는 교회'다. '어렵고 궂은일에는 교회가 가장 먼저 소매를 걷고 나서주니 이보다 더 고마울 수 없습니다' 이것이 지역주민들의 설명이다.

　화전벌말교회가 펼치는 봉사 사역은 마을청소, 이웃돕기 바자회, 반찬 나눔, 마을 어르신 위로회 등, 어쩌면 대부분의 교회가 지역을 위해 섬기는 '평범한' 나눔일지도 모른다. 그러나 마을교회가 '그' 지역만의 필요와 절실함을 알아주고 다가설 때는 같은 이름의 섬김이라도 기적과 같은 일이 생긴다. 그리고 그 이야기를 지금 화전벌말교회가 써가고 있다.

　교회가 위치한 지역은 군부대만 6개다. 지역 특성상 군 면회객과 쓰레기 분리수거에 익숙하지 않은 외국인 근로자들이 버리고 간 쓰레기로 악취가 심하고 주변 환경이 오염되자 주민들이 불편이 커졌다. 교회가 나섰다. 1년에 4차례(설, 추석, 성탄절, 부활절) 마을 대청소를 하는데 매회 쓰레기가 1톤 트럭을 가득 채울 정도로 양이 많다. 교회 주관으로 1년에 한 차례 열리는 '화전사랑 바자회'는 해마다 400여만 원의 수익금 전액을 이웃들과 나누고, 40가정에 반찬도 전달한다. 특히 '벌말지역에는 밥을 굶는 이웃이 없도록' 누구나 필요한 만큼 가져갈 수 있는 '벌말 사랑의 쌀독'을 24시간 운영하고 있다. '사랑의 쌀독'은 혹시나 가난 때문에 자존심이 상할까 배려해 별도의 창고를 만들어 그 안에 설치했다. 이 외에도 교회는 지역의 어르신들을 초청해 식사를 대접하고 단풍구경도 간다. 여름에는 팥빙수를 겨울에는 붕어빵을 들고 지역의 가정을 일일이 방문한다.

강 목사는 '지역 섬김'에 더 열중하기 위해 통장과 주민자치위원장으로 총 8년 동안 섬겼다. '교회'를 넘어 '마을'을 선교지로 품었기 때문이다. '지역에 헌신하는 목회자'로 유명한 강대석 목사는 "통장과 주민자치위원장을 하면서 하나님의 영광이 되기 위해 성실하게 임했다"면서 "지역과 이웃을 사랑하는 마음이 통했는지 주민들이 교회를 믿고 목회자를 믿어주었다"고 말했다. 실제로 지난 5월 강대석 목사는 '봉사와 선행이 귀감이 돼' 이재명 경기도지사의 표창장을 받았는데 이 또한 지역주민들의 적극적인 요청으로 동장이 추천하면서 이뤄졌다. 강 목사는 "교인들을 대표해 제가 받은 거죠. 우리 교인들이 받은 상"이라고 교인들에게 감사를 전했다. 이에 앞서 지난 2012년에는 지역사회와 소외된 이웃을 섬기는 교회로 인정받아 기독교윤리실천운동에서 '지역교회와 함께 하는 교회상'을 수상했다.

　교회는 2003년 개척 당시만 해도 '미운 오리'였다. 이전 교회가 있었지만 3년 동안이나 폐쇄된 상태였고 강 목사가 부지를 알아볼 때는 '창고'로 매매되기 직전이었다. 군사보호지역으로 열악한 환경에서 목회가 쉽지 않았기 때문인지 여러 목회자가 자리를 잡기 힘들었다. '목사들은 동네를 버리고 떠난다'는 이유로 주민들은 상처를 받았다. '닫혀있던 교회 문을 열고 수리를 하는데 그 누구도 관심을 갖지 않았다'는 강 목사는 교회 창립부터 '예수님처럼 봉사합시다'는 표어를 품고 자립대상교회로 재정도 넉넉하지 않았지만 상처받은 이웃들의 마음을 위로하는 데 치중했다. 의료환경이 열악해 치료를 받을 수 없는 주민들을 위해 의료봉사를 시작했고 어르신들에게는 돋보기를 맞춰드렸다. 혹여나 '교회'라는 부담감 때문에 혜택을 받지 못하는 이웃들을 위해 '천사사랑방'을 마련해 무료급식, 발 마사지, 천사 가게를 운영했고, 방과 후 교실, 연예인 초청 간증, 음악회, 도배 봉사 등 다양한 섬김을 실천했다. 강 목사와 교회의 열심에 주민들은 교회에 대한 마음이 바뀌기 시작했다. 결국, 개척 3년 만에 마을의 노인회장, 총무 등이 사택에 찾아왔고 '통장'을 맡아달라는 부탁에 선뜻 동의했다.

　젊은 세대가 도시로 나가 어린이들도 줄고, 덩달아 인구도 줄어들면서 여러 가지 사역이 중단되기도 했지만, 강 목사는 "지역사회

를 섬기는 일은 목회하는 동안은 멈출 수 없다"고 말한다. 화전벌말
교회는 지역과 함께 가는 교회기 때문이다. 코로나 19로 주민들이
불안감을 호소할 때 교회는 주저하지 않고 온라인예배로 전환했다.
"지역교회는 주민들과 공감하고 그들의 정서를 존중해줘야 한다"는
것이 강 목사의 설명이다. '우리는 지역에서 사랑받는 교회'라고 자신
있게 말하는 화전벌말교회. 지역에서 사랑받는 교회만큼 하나님께
영광되는 일이 또 있을까.

최은숙 기자

데스크승인 2012.11.05 19:23:44
윤화미 기자 hwamie@naver.com

작은 교회들, 규모에 맞는 지역 섬김 '활발'

　기독교윤리실천운동(이하 기윤실) 사회복지위원회가 올해 10회째 '지역사회와 함께하는 교회상' 시상식을 개최했다. 올해도 어려운 이웃을 돌보고 살기 좋은 지역사회를 만들기 위해 힘써온 교회들이 소개돼 관심을 모았다.

▌기윤실이 주최하는 '지역사회와 함께하는 교회상'에 화전별말교회 등 12개 교회가 선정됐다. 사진은 5일 시상식 모습. ⓒ뉴스미션

이번 제10회 '지역사회와 함께하는 교회상'에는 총 12개 교회가 선정됐다. 선정된 교회들은 교회 규모와 상관없이 나름의 목회 방침과 사역으로 이웃을 섬기고 있다.

그중에서도 경기도 고양시 소재의 화전벌말교회(강대석 목사)는 75명의 교인이 출석하는 작은 교회지만, '우리 동네는 우리가 책임진다'는 표어 아래 독거노인 돕기와 마을청소, 장학금 지급의 복지 사역으로 주민들의 사랑을 한몸에 받고 있다.

2004년 교회개척 초기부터 시작한 마을청소는 9년째 변함없이 계속되고 있다. 개척교회라 인력도, 재정도 없었지만, 몸으로 섬길 수 있는 일이었기에 가능했다.

동네 한가운데 벽돌공장에서 쏟아지는 모래와 먼지들로 코와 입을 막고 지나가는 주민들의 모습을 보며 교회는 처음으로 청소하기 시작했다. 또 주변의 군부대를 다녀가는 면회객들이 골목마다 버린 쓰레기들을 치웠다.

또 주거환경이 열악하고 교통의 불편으로 젊은 세대가 떠난 후 마을에 남겨진 노인들을 위해 경로잔치를 열고 점심식사를 준비했다. 매번 7~8명의 권사가 식사를 준비하며 이웃 섬김을 몸소 실천하고 있다.

강대석 목사는 "교회의 사역이 다 그렇듯 하나님께 영광을 돌리고 교회의 이미지 개선을 바라며 시작한 일이었으나, 한 끼 식사에도 즐거워하는 어르신들을 보며 더 자주 했으면 하는 바람을 갖고 있다"며 "거리에서 어르신들은 물론이고 자녀들도 만나면 감사 인사를 하고, 좋은 교회라고 선전해 주는 등 긍정적인 효과도 나타났다"고 전했다.

▍'지역사회와 함께하는 교회상'에 선정된 화전벌말교회의 의료봉사 모습

교회의 지역 섬김, 점차 다양해지고 전문화돼 이번 '지역사회와 함께하는 교회상'에 선정된 교회들은 농어촌 지역에서, 중소 도시에서, 대도시에서 각각의 형편과 모양에 맞게 지역사회를 섬기고 있다.

지난 10년간 기윤실이 선정한, 지역사회를 섬기는 좋은 교회는 약 100여 곳에 달한다. 이들 교회의 지역사회 섬김 사역은 점차 광범위해지고 전문화돼 가는 추세다. 저소득층을 위한 취약 계층자활지원사업(거룩한빛광성교회), 희망푸드뱅크센터(고척교회), 임산부학교(광양대광교회), 지역사회의 효도 손빨래방(금산평안교회), 태국 근로자 사역(낙원교회) 등 종류도 다양하다.

김동배 공동위원장은 심사평에서 "담임 목회자의 목회철학과 의지에 따라 교회 규모와 상관없이 지역사회 섬김을 실천하고 있다"며 "교회의 지역 섬김은 전통적 사회복지 개념인 '구제'와 지역주민의 요구 변화에 따른 '전문적 프로그램'이 병행되며 과거보다 발전한 모습이었다"고 설명했다.

기윤실은 교회상 시상 등을 통해 교회의 본질인 이웃 섬김 사역이 확산되어야 한다고 강조한다.

라창호 위원장은 이날 시상식에서 "교회상 시상은 교회가 지역사회 속에서 빛과 소금이 되고 이웃을 품고 가자는 운동"이라며 "섬김의 자리를 지켜나가자는 격려의 자리로, 각 교회의 복지 현황 등을 공유해 교회들에 도움되는 계기가 되었으면 한다"고 밝혔다.

또 손봉호 교수(기윤실 자문위원장)는 "한국교회가 지탄받고 있는 상황에서 교회가 본래 사명을 감당하고 있어 감사하다"며 "앞으로도 더 훌륭한 교회들이 많이 발굴되고 사회에도 기독교의 긍정적인 면이 보이길 바란다"고 격려사를 전했다.

한편 이날 '지역사회와 함께하는 교회상'에 선정된 12개 교회에는 1백만 원의 복지사업 격려 후원금과 상패가 주어졌다. 후원금은 (주)소망글로벌 강석창 사장이 10년째 지원하고 있다.

기사 입력 : 2012-11-06 오전 9:42:00

[2873호] 2012년 11월 07일 (수) 10:43:14
표현모 기자 hmpyo@pckworld.com

'당신들이 있어 한국교회 희망을 봅니다'

　　풍기성내교회(최갑도 목사 시무), 과천교회(주현신 목사 시무), 전
주동신교회(신정호 목사 시무), 화전벌말교회(강대석 목사 시무), 영
신교회(이재욱 목사 시무), 창동염광교회(황성은 목사 시무), 작은샘
골사랑의교회(김삼수 목사 시무), 열방교회(소병근 목사 시무) 등 본
교단 8개 교회를 포함, 총 12개 교회가 기독교윤리실천운동(이하 기

윤실)이 주최하는 제10회 '지역사회와 함께하는 교회상'을 수상했다.

기윤실 사회복지위원회는 지난 5일 열방교회에서 제10회 '지역사회와 함께하는 교회상(賞)' 시상식을 갖고 총 12개의 수상교회를 선정해 복지사업 격려 후원금 1백만 원과 동판, 상패 등을 전달했다.

이번 '지역사회와 함께하는 교회상'은 농어촌 부문 3곳, 중소 도시 부문 4곳, 대도시 부문 2곳, 특수목회 부문 1곳, 특별상 2곳 등 다섯 분야로 나눠 선정됐으며, 서류심사와 현장실사, 최종심사 등 세 차례의 검증을 통해 결정됐다.

이날 수상한 12개 교회 중 본 교단 소속교회는 5개 교회. 농어촌 부문을 수상한 풍기성내교회는 1996년부터 무료급식소를 설치 운영하며 지역 빈곤층의 주민과 노인들에게 식사를 제공하고, 2000년부터는 교회당 1층에 목회간호사실을 설치해 운영해왔다.

중소 도시 부문을 수상한 과천교회는 1990년 발달장애아동을 위한 부서를 조직하면서 본격적으로 사회복지 사역을 전개해왔으며, 지난 2006년에는 사회복지법인 하늘행복나눔재단을 세우고, 과천시 처음으로 장애인 주간보호시설 사랑의 동산을 개원하는 등 복지 사역에 앞장서왔다.

또한, 중소 도시 부문에서 함께 수상한 전주동신교회는 지역주민들과 소통하기 위해 지난 2008년 북까페 엘림하우스를 열고, 그 수익금 전액을 주민을 섬기는 일에 사용해왔다. 지난 1995년부터 운영되는 경로대학에서는 3백 명 어르신들이 출석하고 있다.

화전벌말교회(강대석 목사 시무)는 젊은이들이 대부분 떠난 마을의 특성을 감안해 경로잔치를 시작해 지역 노인들로부터 칭찬을 받고 있는 교회다. 또한, 동네 벽돌공장에서 나오는 모래와 먼지, 쓰레기 등을 청소하는 일을 9년이나 이어오고 있다.

대도시 부문을 수상한 창동염광교회는 중증장애인들을 위한 피어라희망센터를 운영하고 있으며, 매주 토요일마다 장애인문화센터인 아자장애인문화센터를 통해 장애인들에게 배움의 기회를 주고 있다. 이외에도 염광경로대학과 호스피스 사역을 펼치고 있다.

창립 이래 37년간 지역사회를 돌보는 복지 사역을 전개해 온 영신교회(이재욱 목사 시무)는 지난 2006년 영신늘푸른노인교실을 개설해 70~80명의 어르신이 다양한 수업을 무료로 배울 수 있게 하고 있다. 또한, 사랑의 건강식을 통해 기초생활수급자 2백30가정을 돌보고 있다.

특별상을 받은 열방교회는 지난해부터 양천장애인 자립생활센터에서 체험홈사업의 후원을 해오고 있다. 체험홈사업은 중증장애인들의 자립을 돕기 위한 프로그램으로 아파트 2채에 장애인들이 모여 살며 스스로 생활할 수 있도록 돕는 사업이다. 또한, 교회는 사랑의 쌀 나누기, 장학금 전달, 공부방 운영 등의 다양한 사역을 해오고 있다.

특수목회 부문을 수상한 작은샘골사랑의교회(김삼수목사 시무)는 자립생활신앙공동체교회로 출발해 장애인을 비롯한 사회적 소외계층과 함께 생활하고 있는 교회. 영농조합과 수련원을 운영하고 있다. 특히 매년 주관하는 전국장애인 은혜캠프에는 5백여 명의 장애인들이 참석하고 있다.

고양시 덕양구 화전동에 소재한 화전벌말교회(강대석 목사)는 화전 주민들을 위한 의료봉사활동을 지난 16일 오후 1시부터 5시까지 화전벌말교회에서 실시해 주민들의 큰 호응을 얻었다.

고양시와 은평구 지역의 의사들과 침술사들로 구성된 의료봉사팀 40여 명은 이날 현장에서 위내시경과 복부초음파, 당뇨, 혈당검사 등 내과와 치과, 척추와 전신 한방교정, 침, 검버섯 치료와 점, 사마귀 제거 등 피부과, 심리상담, 안경교정 등 다양한 분야의 의료봉사

를 펼쳤다.

화전동 주민센터는 이번 의료봉사에 많은 주민이 참여해 혜택을 받을 수 있도록 각종 회의 자료와 마을 게시판 등을 통해 홍보에도 주력했다. 그 결과 100여 명의 많은 화전동 주민들이 진료와 치료를 받았다.

나이가 많은 어르신들이 위내시경이나 복부초음파를 받기 위해서는 사전예약을 하는 등 번거로운 절차를 거쳐야 했으나, 이날 간편하게 이러한 진료를 받은 지역주민들은 '전날 저녁부터 한 금식은 조금 힘들었지만 이렇게 찾아와 주는 의사 선생님들이 있어 정말 감사하다'며 고마운 마음을 표현하여 훈훈한 분위기 속에 진료가 진행됐다.

이날 강대석 화전벌말교회 목사는 "3번째 의료봉사활동을 진행해 왔으며 회를 거듭할수록 많은 주민들이 참여하여 보람을 느낀다"며 "평소 병원을 이용하기 어려운 어르신과 어린이들을 위해 앞으로도 지속적으로 운영하여 지역주민들의 건강을 챙기겠다"고 말했다.

고양신문

[1093호] 2012년 09월 19일 (수) 16:39:32 고양신문
webmaster@mygoyang.com

화전동 어르신 무료진료

의료시설이 하나도 없어 불편을 겪어온 화전동 주민들을 위해 화전벌말교회(목사 강대석)에서 지난 16일 마련한 무료의료봉사에 주민 70여 명이 참여해 성황을 이뤘다. 이날 화전10통 지역 마을회관에 마련된 임시진료실에서 주민 70여 명이 위내시경, 복부초음파 등 내과 진료와 한방진료 그리고 심리상담과 치료, 척추 자세 교정, 안경교정 등을 받았다.

매년 이어지고 있는 이 날 의료봉사에서 화전벌말교회 강대석 목사는 "의료시설이 전무한 화전동에도 하루빨리 시립 건강센터가 생겼으면 좋겠다"며 "어려운 환경에서 주민들이 꿈과 소망을 갖고 살아갔으면 한다"는 바람을 전했다.

화전동, 노인을 위한 '무료 안경' 자원봉사 실시

　지난 26일 화전동 주민센터에서는 지역 어르신들에게 무료로 안경을 맞춰드리는 행사를 실시했다. 화전벌말교회(목사 강대석)에서 주최한 이 날 행사에는 지역 어르신 40명이 안경을 무상으로 지원받는 혜택을 누렸다.

각 통장님을 통해 어려운 분들을 추천받는 방식으로 행사가 치러졌으며 행사를 끝내고 돌아서 나가는 지역 어르신들의 눈빛에 기쁨의 미소가 넘실대는 하루였다.

큰빛 부부안경 선교회의 협찬으로 차량 내 검안실에서 최신 검안시설로 시력 검사 실시 후 각자 맞는 도수의 안경을 맞춰줌으로써 생활에 불편 없는 시야를 확보토록 하였다.

화전동장은 "매년 이 지역을 위해 아낌없는 사랑을 베풀어 주시는 봉사자들에게 깊이 감사드리며, 이렇게 세상을 밝혀주시는 분들이 계셔서 소외된 이 지역에 봄이 성큼 다가오는 듯합니다"라는 감사의 인사를 전했다.

김창식 2012/03/30 오전 10:51 ⓒ 자유로포럼

이제 함께 마을목회를 시작해 봅시다!

2020년 10월 어느 날 지인 목사님으로부터 전화가 왔다. 장로, 권사, 집사를 세우는 임직예식이 있는데 임직식에 권면을 맡아 달라는 것이었다. 큰 영광으로 여기며 부족하지만 감사하게 생각하며 맡겠다고 했다.

전화를 끊고, 권면을 부탁하신 목사님의 목회 지론이 '내가 죽으면 교회가 산다'는 '아사교회생(我死敎會生)'임을 잘 알고 있었기에 죽으라는 이야기를 하면 되겠다 생각하고 접어두었다가, 예식 2~3일을 앞두고 생각 정리를 하는 중에 갑자기 너는 죽었냐? 하는 성령님의 음성이 들렸다. 깜짝 놀랐다. 그리고 당황했다. 갑자기 권면할 자신이 없어졌다. 이제 와 못하겠다고 할 수도 없고, 처음부터 다시 준비를 시작했다.

권면이 무엇인지 사전을 찾아보았다. 권면의 사전적 정의는 *더 나은 사람이 아랫사람이나 더 못한 사람에게 자신의 경험을 바탕으로 조언하는 것*이라고 정의한다.

이 책을 쓰려고 하니 그때의 일이 생각났다. 내가 책으로라도 후배 목사들에게 무슨 조언을 할 수 있을까? 2021년 가을 나는 이 책을 쓰면서 그렇게 갈등하고 있었다. 특별히 자랑할 것도 없는 나의 흙수저 인생과 내세울 것 없는 목회 여정이 이 책을 읽는 독자들에게 얼마나 도움이 될까 하는 고민이었다. 그러다 2021년 11월 11일 저녁 8시 『내 이름은 예쁜 여자입니다』의 저자이신 이희아 집사님이 다니엘 기도회 강사로 오셔서 간증하는 것을 들으면서 용기를 냈다. 이 집사님은 얼굴에 있는 붉은 점으로 사람들 앞에 선다는 것이 쉽지 않아 보였는데도 스스로 예쁜 여자라고 간증을 했다.

또 나는 어머니가 3~4분이다. 나는 아버지가 두 분이다. 등등 자신들의 흑 역사를 숨기지 않고 말하고 그런데도 자신들의 인생을 역전시켜 주신 살아계신 하나님을 간증하는 다니엘 기도회 강사들의 간증을 들으면서 나도 간증의 주인공을 꿈꾸게 되었다.

어느 때고 개척교회 목사님들을 대상으로 하는 세미나가 많이 열린다. 많은 목사님이 기대를 품고 세미나에 참석을 한다. 그런 세미나에는 소위 성공적인 목회를 한다는 분들이 강사로 와서 자기 목회와 자기 교회의 교회개척 후 성장 사례를 강의한다. 그런데 강의가 끝나고 나면 세미나에 참석한 작은 교회 목사님들은 절망감이 더 깊어진다는 말을 들었다. 작은 교회, 개척교회 현실과 너무 요원한 이야기를 하기 때문이다. 그런 의미에서 나처럼 작은 교회 목사의 간증이 더 현실적으로 받아들여지지 않을까 하는 생각도 해본다.

나는 이 책을 쓰면서 나 정도의 수준에서 무슨 조언이 되겠는가 하는 생각에 망설이기도 했지만 나 정도의 수준이라도 되기를 원하는 사람이 있다면 기꺼이 나서겠다는 마음으로 이 글을 쓰기로 결심하게 됐다.

나는 교회를 개척하면서 안으로는 '위로와 평안을 주는 행복한 교회', 밖으로는 '선한 손을 펴 교회를 교회되게 하는 교회'를 설립이념(평생 표어)으로 목회를 시작했다. 이것이 내가 생각하는 교회관이다.

적어도 교회는 내적으로 상한 심령들이 위로 받고 약속의 말씀으로 평안을 누리며 소망 중에 행복해야 하며 외적으로는 이웃을 향하여 사랑의 손을 펴는 곳이라고 생각한다. 지금까지도 그랬거니와 앞으로도 설립이념에 맞게 교회는 목사나 교인만을 위해 존재해서는 안 되고 마을을 위해 존재한다는 생각으로 '우리 동네는 우리가 책임진다'는 책임의식을 가지고 하나님의 나라를 확장해 갈 것이다. 이것이 목회자의 사명이요 우리 교회의 존재 이유라고 생각한다.

이 책 파트 2장 마을목회의 실천에서 밝혔듯이 나는 여러 목회 후배들이 큰 교회의 목회나 성공한 목회자의 꿈을 갖기보다는 한 영혼이 천하보다도 귀하다는 영혼을 사랑하는 마음을 가지고 겸손히 세상을 섬기는 목회자의 길을 가기를 원한다. 무엇보다 모든 리더가 그래야 하지만 특히 목회자는 솔선수범하는 것이 중요하다고 생각한다. 그럴 때 주민들로부터 신뢰를 얻게 되고 마을에서 영향력 있는 리더가 될 수 있다. 그러면 주민들과 소통이 일어나고 성장의 길이 열린다고 생각한다.

나와 우리 교회가 그렇게 했고, 그래서 결국은 교회가 있는 마을이 행복하다는 소리를 듣게 되었다. 항상 교회의 본질이 무엇인지를 잊지 말고 파트 4장 제4강을 참고하여 파트 2장과 같은 마음으로 목회한다면 마을을 행복하게 하는 교회로 세울 수 있다고 확신한다.

우리가 교회를 사랑하는 열정이 있으면 하나님이 일하신다고 믿는다. 목회 다이어리를 보니 교회개척 3년째 연말에 이런 내용이 적혀있다.

'2006년 12월 24일 강○용 집사, 김○점 권사 등록함, 이○자 집사의 문제로 곤고한 중에 있을 때 위로를 주심'

위의 내용을 설명하면 열심히 신앙생활을 하던 이○자 집사님이 교회를 떠나 그 주간 내내 무척 상심해 있던 때에 작성한 내용이다. 그때 강○용 집사, 김○점 권사님이 등록하셨다. ○○교회에서 신앙생활을 하다 그 교회를 떠난 이분들은 교회를 정하지 못하고 2년간 방황

하다가 새해부터는 ○○교회를 나가려고 마음을 굳혔다. 그런데 환상 중에 나가려고 마음을 정했던 그 교회가 싸우며 나뉘는 모습을 보았다고 했다. 또한 내가 안타깝게 통곡하며 기도하는 환상을 보았다고도 했다. 그 환상을 보고 차마 가고자 마음먹었던 그 교회로 가지 못하고 우리 교회에 등록했다는 이야기이다. 현재 강○용 집사는 장로로 피택 받아 교육 중에 있으며 그때 나갔던 이○자 집사는 2년간 쉬었다가 다시 교회에 나와 열심히 신앙생활을 하며 권사로 피택 받아 교육을 받고 있다. 한 명 떠날 때 두 명을 보내주시고 떠났던 집사님마저 보내주시는 분이 나와 함께 하신 하나님이시다.

길은 있다

강대석

길은 있다
반드시 있다
선현들이 말하지 않았는가
하늘이 무너져도 솟아날 구멍이 있다고
바울을 보라 아시아로 가는 길 막히니
유럽으로 가는 길이 열렸다
하나님이 길을 내어 춤추게 하셨다
하늘, 땅, 바다가 막히고
동서남북 사방이 막혀도

하나님이 예비해놓은 길이 있다

그 길은 평탄하지 않고 좁은 길일지라도

영광의 길, 승리의 길이다

건강, 돈, 지식, 재능이 없어 인생길의 장애가 되어도

절망, 좌절, 낙심은 사탄의 것

소망, 환희, 영광은 나의 것

길이 끊기고 끝이 보이지 않아도

그래도 내가 곧 길이라고 하신 주님이 계시니

그 안에서 길을 찾는다

길은 있다

반드시 있다

- 21. 3. 20. 새벽 행16:6-10절을 묵상하며

그렇다. 우리 교회는 50여 명의 목회자가 둘러보고 미련 없이 버린 곳, 그린벨트, 개발제한, 군사보호구역, 서울시와 고양시 경계지역으로 행정구역과 생활권이 이원화되어 있어 서울시와 고양시로부터 소외된 지역이지만 하나님이 이만큼 행하셨다.

교회개척 초기 인적, 물적 자원의 부족으로 목회에 어려울 때도 있었다. 그러나 그런 순간에도 뜻하지 않는 사람들을 통해 어려움을 이길 수 있었고, 마음에 소원을 두고 기도하면 현실화되는 일들이

많이 있었다. 하나님의 도우시는 손길을 수시로 경험했다는 말이다. 이 모든 일을 하나님이 하셨고 하나님의 은혜에 감동된 하나님의 사람들이 했다. 이런 하나님이 어찌 나의 하나님만 되시고 우리 교회의 하나님만 되시겠는가? 건강한 교회, 자립을 꿈꾸는 모든 목사님과 교회들의 하나님이 아니겠는가?

건강한 교회, 마을이 행복한 교회를 세우기를 원하는 사랑하는 목회자 여러분에게 하나님의 은혜와 평강이 항상 함께하시기를 기원한다.

끝으로 부족함이 많은 목사를 전폭적으로 신뢰해주시고 협력하고 지지해주셔서 함께 '향기로운 꽃밭'을 일궈주신 화전벌말교회 교우들에게 감사드리며 아내 신미숙, 딸 정희, 주희, 사위 박성락 목사, 최동열 집사, 손녀 최다혜, 손자 최다인, 박하이, 고맙고 사랑하며 또 감동스토리로 참여해 주신 임용구, 이옥희, 정경덕, 박산수, 임윤택, 서은원, 고부미, 송규근, 민경선, 사랑하는 박명하님께 감사하단 말을 전한다.

추천사를 써주신 총회장 류영모 목사님, 크로스로스 이사장이신 정성진 목사님, 총회 한국교회 연구원 원장이신 노영상 교수님, 그리고 좋은 책으로 출간될 수 있도록 이끌어 주신 코칭전문 작가 박성배 목사님께 감사드린다.

사랑하고 존경하는 나의 어머니 윤상순 권사님의 신앙 이야기를 조금이라도 남기고 싶은 나의 진정 어린 마음을 받아주어 한없이 부족한 글을 책으로 출간해보겠다고 선뜻 나서주신 밥북 출판사 주계수 대표와 직원 여러분에게도 깊이 감사의 말을 전하며 모든 영광을 하나님께 올린다.

2022년 4월

강대석

펴낸날 2022년 5월 13일

지은이 강대석
펴낸이 주계수 | **편집책임** 이슬기 | **꾸민이** 김소은

펴낸곳 밥북 | **출판등록** 제 2014-000085 호
주소 서울시 마포구 양화로 59 화승리버스텔 303호
전화 02-6925-0370 | **팩스** 02-6925-0380
홈페이지 www.bobbook.co.kr | **이메일** bobbook@hanmail.net

© 강대석, 2022.
ISBN 979-11-5858-875-5 (03810)